Tenho um cavalo alfaraz

Tenho um cavalo alfaraz

IVONE C. BENEDETTI

wmf **martinsfontes**

SÃO PAULO 2011

Copyright © 2011, Editora WMF Martins Fontes Ltda.,
São Paulo, para a presente edição.

1ª edição 2011

Acompanhamento editorial
Helena Guimarães Bittencourt
Revisões gráficas
Solange Martins
Thelma Batistão
Edição de arte
Adriana Maria Porto Translatti
Produção gráfica
Geraldo Alves
Paginação
Moacir Katsumi Matsusaki

Dados Internacionais de Catalogação na Publicação (CIP)
(Câmara Brasileira do Livro, SP, Brasil)

Benedetti, Ivone C.
 Tenho um cavalo alfaraz / Ivone C. Benedetti. – São Paulo :
Editora WMF Martins Fontes, 2011.

 ISBN 978-85-7827-391-0

 1. Ficção brasileira I. Título.

11-01721	CDD-869.93

Índices para catálogo sistemático:
1. Ficção : Literatura brasileira 869.93

Todos os direitos desta edição reservados à
Editora WMF Martins Fontes Ltda.
Rua Conselheiro Ramalho, 330 01325.000 São Paulo SP Brasil
Tel. (11) 3293.8150 Fax (11) 3101.1042
e-mail: info@wmfmartinsfontes.com.br http://www.wmfmartinsfontes.com.br

ÍNDICE

O tímpano   9

Conto ignóbil   19

O cântaro   39

Porphyria   69

O major   77

A armada   91

Cobre   101

Réquiem   115

7

os rostos da cidade
mudaram de lugar
mudaram de rosto
os mesmos lugares

um rosto veste sempre
    a mesma cidade
a cidade só veste
    o rosto que passa
        pelo momento.

O TÍMPANO

Tímpano é palavra com muitos significados. Mas quando a ouço, só me lembro daquele objeto de metal em forma de tigelinha emborcada, tendo em cima um pininho que desce quando nele se bate para chamar alguém ausente. O sonzinho é chocho, mas não tanto que não sensibilize os tímpanos, outros, os do ouvido de quem está sendo chamado.

Lembro, apesar de fazer um tempão que não vejo um deles. Lembro porque, quando eu era moço, quase todas as lojas tinham um em cima do balcão. Eu mesmo, nos idos de 1955, tinha um na minha lojinha que ficava numa travessa da rua da Mooca. Nada de especializado. Vendia de tudo um pouco: pano, panela, garrafa térmica, bicho empalhado... até bicho empalhado, quando ninguém torcia o nariz para esse tipo de coisa. O mais bonito deles, uma coruja, eu coloquei na vitrine. Tinha as asas abertas, como se viesse descendo do céu, pousando feito um falcão. Perto da loja havia uma escola, e toda a criançada, a caminho da aula, não deixava de parar para olhar o bicho. E, olhando o seu pouso imaginário, não podia deixar de ver o tráfego de mentira dos carrinhos de plástico entre as patas monstruosas. Como onde há crianças há mães, ao lado do bicho eu punha garrafas térmicas. Mas de quem não passasse ou não parasse eu garantia a atenção também por via dos ouvidos: ao lado das garrafas instalei uma espécie de torre de madeira de uns sessenta centímetros de altura por uns vinte de largura, com uma garra sobe-e-desce. Nessa garra ficava preso o êmbolo da garrafa. Quando a garra chegava lá em cima, soltava o êmbolo de vidro brilhante, que caía e ia bater na base de madeira do artefato, sem se quebrar. Parecia um milagre, e todos se convenciam da resistência da garrafa a qualquer tranco e barranco. Principalmente porque, depois, a garra descia de novo, agarrava outra vez a garrafa e subia, largava, descia, pegava, subia, largava…, espalhando pelo quarteirão aquele pum-pum-pum que lembrava a existência da minha loja mesmo a quem não gostasse dela.

Toda manhã eu entrava cedinho pelos fundos e limpava meticulosamente os balcões, varria o chão de madeira e arrumava as vitrines. Levantava a porta de aço vazado às quinze para as oito em ponto, porque assim pegava a turma das oito a caminho da aula.

No fundo da loja, ao lado do depósito, havia uma despensa, com pia, armário e fogareiro, tudo devidamente instalado por mim. Mais nos fundos, um banheiro. E, para descansar, uma caminha, pois, morando na Penha e não tendo com quem revezar na hora do almoço, eu ficava por lá o dia inteiro. A freguesia era maiorzinha de manhã, como disse, a partir de umas dez, onze horas, até meio-dia, e no fim da tarde, horário da volta do trabalho. Da uma às duas eu comia e, se desse, descansava um pouco na despensa. Deixava a porta do meio aberta e ficava lá, ouvindo o pum-pum-pum da garrafa térmica, até que alguém tocasse o tímpano, o tímpano tocasse.

Foi nessa época que a Letícia mudou para o bairro. Letícia era branca de carnes, um bocadinho rechonchuda, cabelos arruivados. Bonita. Mas o que mais chamava a atenção nela era mesmo o leitoso da pele. Tanto que eu, durante muito tempo, achei que o nome Letícia vinha de leite, e ficava cismando no porquê de Letícia, e não Leitícia. Depois me explicaram que esse nome vem do latim e quer dizer alegria. Mesmo assim, me lembra leite, a mim que amo palavras e peles.

Aparecia à tarde, umas duas vezes por semana. Comprava pano, sianinha, sutache, linha, fita de seda… uma vez comprou uma chaleirinha. E esse some-e-aparece durou uns meses. A gente nesses casos sempre puxa conversa, conta e ouve coisas, se comparando, se admirando, e nessas conversas ela me disse que era casada, fazia cinco anos, não tinha filhos. Eu disse que também era casado, tinha uma menina, mostrei a fotografia, ela disse: que bonitinha.

E, sendo boa a conversa, começou a se demorar cada vez mais. Chegou a ficar até mais de meia hora no papo. Outras pessoas apareciam, também conversavam, não tanto nas horas mortas do verão, quando a soleira castiga. Pois era nessas horas que ela mais aparecia. Foi então que comecei a achar que tanta assiduidade podia querer dizer alguma coisa. Um dia, só para experimentar, avancei minha mão e peguei a dela, e ela deixou. A conversa ficou mais mole, malemolente como se diz, eu fui entendendo… Então mostrei a despensa como quem mostra um abrigo atômico. Pedi que não reparasse na desarrumação, disse que, se ela quisesse, coisa e tal, eu arrumava direitinho... quem sabe daí a uns dias... Ela relutou um bocadinho, mas no fim deu a entender que talvez concordasse.

Quando fiz o convite, pensava em coisa rápida, o tempo de uma daquelas visitas dela à loja, mas mulher é um bicho muito complicado. No dia que afinal foi marcado, ela chegou muito bonita, perfumada e assustada. Perguntou se não era perigoso alguém aparecer, eu disse que, se aparecesse, o tímpano tocava, eu vinha cá para a frente. Então ela pediu que desligasse aquele bate-bate da garrafa térmica, porque assim a loja ficava mais silenciosa, e a gente podia ouvir tudo mais depressa.

Não gostei, mas acabei abrindo a vitrine e desligando. Mesmo assim, ela ficou um tempão no quero-não-quero antes de entrar.

Achei que ia ser só uma vez. Confesso: Letícia não foi a primeira freguesa que levei para a despensa, mas foi a primeira que cismou com o bate-bate da garrafa. É claro que foi a mais importante, senão eu não estava aqui ruminando essa história.

Depois daquele dia, passou uma semana sem aparecer. Fiquei chateado, achando que tinha perdido freguesa tão boa. Mas voltou. Pediu sem jeito um metro de renda e, enquanto eu media, perguntei se era só. Ela respondeu que sim. Eu então disse que achava uma pena, porque esperava que ela quisesse mais alguma coisa. Peguei a mão dela, ela de novo deixou. Fomos lá para trás. Não sem antes desligar a geringonça da garrafa térmica.

Visitas frequentes, comecei a melhorar a arrumação da despensa. Pintei, troquei a porta e comprei um tímpano novo, maior, mais ruidoso. Também reformei o armário embutido. Nunca faltavam uma garrafa com chá, outra com café e vários pacotes de bolacha. Mas Letícia nunca se serviu. Letícia ia lá pelo menos uma vez por semana, mas nunca ficava muito tempo. O que ficava muito tempo mesmo era o perfume, que se chamava *Je reviens*. Disso sei porque um dia me apareceu um representante na loja e ofereceu essa marca. Quando abriu o frasco, elogioso, botei o nariz no bocal e reconheci. Comprei uns 15 e dei um para a Letícia.

Tanto tempo faz tudo isso, loja eu não tenho mais, o quarteirão foi demolido, ninguém hoje empalha animais, o trânsito abafou os tímpanos. Meu domicílio atual é na Brigadeiro Luís Antônio, apartamento qualquer que tem como paisagem a parede sem janelas do prédio ao lado, telão sem filme. Um dia com certeza lerei ali *The end*.

Com tudo vem o costume, nem sempre o gosto. Já as visitas da Letícia à loja me davam gosto e mau costume. Aos poucos, ela foi largando o ar de sem jeito, foi chegando mais confiante. A coisa lá no fundo era rápida, mas... como digo? Forte. Se ela faltava, eu sentia um frio no peito, ficava na porta da loja, xingando tudo em pensamento, maldizendo o dia em que... Aí ela voltava, meu humor serenava. O perfume sempre retornava.

Enfim, aquilo tudo durou quase um ano. Até que o Melquíades começou a frequentar a loja. Ia lá quase todas as tardes. Começou a atrapalhar. Chegava, filava cigarro, ficava pigarreando, se queixando da filha e ia embora depois de uma hora ou mais. Uma vez, a Letícia chegou, ele estava lá. Ela pediu meio metro de fita vermelha para disfarçar e foi embora. De outra, ele também estava, ela parou na calçada em frente, olhou para dentro da loja: ele de costas, eu de frente, atrás do balcão. Ela fez um sinal e se foi. Por isso, as visitas começaram a ficar mais raras, e eu, chateado. Gostava da Letícia.

Uma tarde, ele não veio, tudo deu certo, nós fomos para a despensa. Estávamos lá fazia um bom tempo, a Letícia ouviu passos no corredor. Eu, não. Ela disse "tem gente aí". Eu respondi "se chegar alguém, o tímpano toca". Mas não tocou, e havia lá alguém. Quando abri a porta e saímos, ela deu um grito e se encolheu contra o meu peito: era o Melquíades, rindo de boca fechada, o peito chiando, os olhos brilhando feito duas lanternas. Eu disse, muito enfezado: "Melquíades, cai fora!". Ele obedeceu.

Como foi difícil acalmar a Letícia...

No dia seguinte, o safado passou pela frente da loja, cumprimentou e não entrou. Nem no outro dia. Eu não sabia se devia achar que tinha feito mau julgamento do homem ou se devia me preocupar mais ainda com ele. Uns quinze dias depois a Letícia apareceu, dizendo que o Melquíades andava arrastando a asa para ela, fazendo proposta indecente, ameaçando: que, se ela não cedesse, ele contava tudo ao marido.

Então chamei o malandro. Fiz ameaças. Cheguei a mostrar um revólver. Disse que, se ele contasse alguma coisa ao marido dela, eu desmentiria, e o Hermes (assim se chamava o marido) acreditaria em mim, porque gente honesta ali era eu, ao passo que ele, que vivia dando em cima dela, não passava de um pinguço, desqualificado, semianalfabeto e, ainda por cima, com telhado de vidro, porque era pai de mulher da vida. Nossa! Falar na filha era morte para o Melquíades! Ele abaixou a cabeça e saiu muito passado. A filha do Melquíades, todo o mundo sabia o que fazia.

Muitas vezes eu me perguntei o que seria de mim se o Melquíades não se intimidasse. Mas o que não foi não conta.

Encurtando a história, um dia a Letícia veio me dizer que estava grávida. Trouxe o exame médico. O Hermes estava muito feliz, mas o filho era meu. Ela sabia que era, eu não sabia de nada… O que ela vai querer de mim? – pensei. Mas não quis nada. Só queria mesmo era um filho. Tanto que, aos poucos, as visitas diminuíram. No começo, eu me perguntava se tinham diminuído porque ela já tinha conseguido o que queria ou se porque a gravidez tinha acabado com os desejos dela. Fosse como fosse, depois dos três meses ela não apareceu mais. Um dia pedi notícias dela a uma freguesa. O Hermes estava arrasado. As ameaças de aborto eram constantes. Letícia não saía da cama. A gravidez não ia bem.

Eu, ali na minha loja, me sentia num túmulo. As coisas já não tinham gosto. Enquanto os dias se somavam, as possibilidades de volta se subtraíam.

O tempo foi passando, a distância se alargando. De vez em quando, aparecia lá a Clotilde, coroa bonitinha que uns anos antes tinha frequentado a despensa. Voltou a frequentar, eu não fazia muita questão, não… Só mesmo quando ela insistia. Mas o tímpano não saía de cima do balcão.

Um dia, sem aviso de tímpano nenhum, chegou a notícia final e fatal: um aborto seguido de hemorragia tinha levado embora a Letícia, que sofria do coração (doença congênita), ninguém sabia. Fui ao enterro. Muito triste. E lá – estranha esta vida! – começou a minha amizade com o Hermes. Ele aparecia às vezes na loja, de tarde, ficávamos conversando. Muito bom sujeito o Hermes.

Depois sumiu, mudou de bairro, até que um dia apareceu de supetão, dizendo que ia se casar de novo. Era o velho e conhecido tampão do tempo nas feridas da alma.

Continuei por lá. Abria a loja às quinze para as oito da manhã, fechava às seis da tarde. O tímpano continuou no balcão, até que a cidade cresceu tanto, tanto, que até aquela travessa se encheu de gente. Era um povo diferente, de passagem, que comprava mais das coisas mais baratas, que entrava e saía o tempo todo, não deixando tempo para a despensa. Então o tímpano perdeu a função, foi para uma gaveta e de lá, imagino, para o lixo. Tirei da vitrine a coruja e os carrinhos, entraram bíblias e CDs religiosos, pois a escola tinha virado igreja. Ficaram as garrafas, sem a geringonça barulhenta, que a fábrica deixou de fornecer. Contratei balconista. Minha vida melhorou. Mandei reformar a loja toda. Troquei o soalho por ladrilhos. Minha filha passou a administrar o negócio, que cresceu e se mudou. Eu virei cardíaco, me aposentei e comprei este apartamento da Brigadeiro. Minha mulher morreu daquela doença maligna.

Por que estou me lembrando de tudo isso hoje? Ontem o Hermes esteve aqui. Está velho como eu. Usa bengala. Teve um derrame, enviuvou de novo. Sentou aí, tomou um chá e falou da Letícia. Disse que nunca vai se esquecer dela.

De ontem para hoje fiquei pensando... Toda vida, espremida, tem um sumo; o da minha vem misturado ao leite da pele de Letícia.

6

Saí de manso,
os ventos tocavam objetos,
seus instrumentos.
Saí em silêncio,
meus pés tropeçaram
no sujeito dos ventos.

CONTO IGNÓBIL

 Joaquim ficou sabendo que nome tinha aquele edifício quando recebeu da mão do Souza um cartãozinho de visita amarelado, com a ponta direita virada. Naquele encontro (marcado para as três e meia), o Souza daria ao Joaquim o dinheiro do aparelho de som que havia comprado dele. Joaquim chegou às quatro e quinze. O Souza ainda estava lá, esperando de teimoso. Com pressa, pagou o que devia, e os dois foram para o saguão do quinto andar. O Souza apertou o botão do elevador, mas de repente disse que precisava voltar à sua mesa e disparou para dentro: tinha esquecido uma qualquer coisa. Joaquim indicou com gestos que desceria pelas escadas, ia dizer que pretendia comprar uns trecos na loja de baixo, mas não deu tempo, o Souza já tinha sumido de vista. Então Joaquim enfiou pela escada com a rapidez de quem quer se livrar de companhia que não preza.

Vencido o primeiro andar escada abaixo, logo depois da segunda curva, Joaquim deu com um tropel, um jorro de gente alarmada, que gritava Fogo!, fogo lá embaixo, no terceiro andar, dizia-se, fogo que mandava para cima uma fumaça já sufocante. Joaquim fez meia-volta e começou a subir, mas deu de encontro com quem achava melhor descer, o que também tinha sua lógica, pois, diziam, aquilo viraria uma fogueira, e ai de quem estivesse em cima. E assim, em pouco tempo, a escadaria virou um pandemônio, desfiladeiro estreito, escuro, uns correndo para cima, outros para baixo, e antes que acabassem uns de descer, outros, já descidos, voltavam a subir por se acharem perdidos ou assim se acreditarem. Maior era o número dos que desciam ou tentavam, porque ali, logo embaixo, embora estivesse o fogo, também estava a rua. Desciam, desciam e já faltava o ar, sendo tudo fumaça, mais e mais à medida que se descia, e tanta era a fumaça que se podia por ela adivinhar o tamanho do fogo que ainda não se via. Alguns até paravam, procurando decifrar hidrantes esquecidos, nunca lidos, mas desistiam, pois mais preciso era fugir da fumaça, do calor, do pisoteio.

Joaquim foi dos últimos que conseguiram varar o muro de fumaça densa e quente. Atravessou a avenida ainda com a camisa servindo de máscara, carregando nos ouvidos os gritos dos que ficaram. Da calçada oposta, com o coração aos pulos, parado, atoleimado, ficou vendo o alastramento das labaredas e esperando inutilmente que saísse mais gente por uma porta acima da qual ele lia o nome Andraus.

Ficou quanto tempo ali pelas imediações? Uma hora, talvez. Saiu quando se sentiu cansado do espetáculo do desespero, rendido – talvez mais – pela insistência da polícia em escorraçar curiosos. Procurando o Souza o tempo todo, não o viu. Retirou-se. Buscou refúgio longe do alarido, e numa reentrância de porta, em qualquer travessa da avenida, se sentou. Passada a primeira canseira, deu de matutar, porque, sendo escritor, cismava com minúcias, miudezas, ciscos. Tinha escapado daquela. Carregava em si a impressão da tragédia e o sentimento de alívio: aquela na retina, este na alma; aquela, alheia, este, seu. Por um atraso ou apesar dele tinha escapado daquela. Quebra de rotina e malogro de planos são coisas sem significado, mas quando se encaixam em catástrofes derivam para a fatalidade. Como aquele encontro, por exemplo, que tinha tudo para ser corriqueiro e entrava para a lista dos fatos excepcionais, porque dos dois participantes um estava vivo e o outro, ao que tudo indicava, morto, decerto calcinado no elevador, sem tempo de se salvar, pelo tempo que perdeu em busca de alguma ninharia. Sempre existem os que ficam sem a cabeça tentando salvar o chapéu. Joaquim inventariava. Tinha chegado atrasado, quatro e quinze, mas o Souza, que poderia ter saído, ainda estava lá. No saguão, o Souza apertou o botão do elevador, mas depois se lembrou de qualquer coisa lá dentro e voltou. Joaquim poderia ter esperado, mas preferiu descer pelas escadas. Se gostasse do Souza, teria esperado e agora estaria morto com ele no elevador, mas não gostava e aproveitou a deixa para arranjar outra saída. Voltando à origem de tudo: Joaquim poderia ter chegado cedo, mas se atrasou e, assim, atrasou o Souza. E, se o Souza morreu por isso, Joaquim é culpado.

 Levantou-se. Estava com sede, deu de andar, em busca de um bar, cabreiro com a armadilha lógica que tinha montado para si mesmo.

Andando, desanuviou-se e concluiu que o atraso não tinha sido culpa sua, e sim do pneu do ônibus que furou. O responsável, portanto, ficava em algum ponto da linha que vai do chefe da manutenção da companhia de transporte ao fabricante de pneus, não sem passar por algum negligente ou mal-intencionado que tivesse largado um prego no meio da rua. E assim Joaquim ia machadianamente reconstituindo migalhas para montar destinos, exercício que sentia dominar mais a cada dia. Já avistava um bar quando lhe ocorreu uma frase que tinha tudo para cair no papel: destino é a vida decifrada por indução. E montava a explicação: nosso único poder é o da retrovisão. O único espírito que temos é aquele que os franceses chamam de *esprit de l'escalier*. Gostou da imagem e pensou: viva esse espírito ou qualquer outro que me levou a tomar a decisão certa de descer pelas escadas.

E por contraste se lembrou outra vez de Souza e do elevador, cubículo indiscreto, promíscuo, que obriga a ficar de frente ou de costas para qualquer um. O Souza, no caso.

Sujeito antipático. Agora já não é, ou melhor, já era.

E entrou no bar.

Às dez da noite, na tevê do bar da praça da República, alguém tentava calcular os mortos, depois da décima reprise dos relatos dos que tinham escapado: muitos por um triz, e Joaquim passava o tempo a contar os *mas* daquela coleção de casos de sobreviventes, como o seu. O copo de cerveja que tinha à frente esvaziava a garrafa. No último gole, bateu-lhe de chofre a lembrança do dinheiro do aparelho de som e, com rápido aperto no coração, constatou que ele continuava quente, no bolso de trás da calça. Nos olhos ardentes, a visão estarrecedora dos que se lançavam no vazio, a mãe gritando pelo filho que tinha ficado, a figura estática do Souza calcinado no elevador. Porque, como repisavam na tevê, quem optou pelos elevadores, caiu nos braços da morte. A certeza da morte do Souza lhe restituía o aparelho de som e lhe presenteava o dinheiro. Sorriu do pensamento maldoso, que logo tratou de imaginar em alguma de suas personagens. Acabada a cerveja, bateu mais forte o cansaço, as sensações do dia pesavam, Joaquim trocou o bar pela praça. A cidade parecia viver uma pré-revolução ou um pós-carnaval. O vento era mais fresco, mas os olhos ainda ardiam, quase choravam. Era preciso tomar o caminho de casa. Sentou-se num banco, sem vontade de pegar o ônibus, enquanto a memória lhe restituía os lances dos últimos dias, e a imaginação lhe ditava enredos. Precisava desatar ou cortar o nó de sua vida, escolher uma trama, chegar a um desenlace. Talvez aquele incêndio fosse o sinal que lhe faltava para decidir um desfecho. Enredos, ele sempre tinha muitos.

No primeiro, ele mal chegava ao portão, já Rita vinha correndo, feliz, com o abraço armado, pois sabia que ele tinha ido ao escritório do Souza fazer negócio, sabia que o prédio tinha pegado fogo e não sabia o que era de Joaquim. Ele dizia "Graças a Deus, não me aconteceu nada", ou melhor, "Criei coragem e atravessei o fogo", estando o "criei" aí por motivo de modéstia. Ela olhava admirada, dava-lhe um beijo ardente, e os dois entravam em casa. Atravessavam a sala, pulando por cima das pernas do pai dela, sempre esticadas entre o sofá e o televisor, e se sentavam ao lado dele para verem o vigésimo replay do incêndio. Cumpridas as formalidades, ele e Rita entravam no quarto, e ele dizia "Recebi o dinheiro do aparelho de som. Vou dar como depósito para segurar o aluguel daquela casa, a gente se casa e sai daqui. Damos um lar ao nosso filho". Ou seria melhor: "...vamos dar um lar ao nosso filho". Às vezes é difícil decidir entre uma ordem e um convite, mas talvez fosse melhor mudar de enredo.

No segundo enredo, ele entrava em casa com Rita, como no primeiro, eles iam para o quarto, e ele dizia "Rita, faz muito tempo que eu quero dizer uma coisa: vim da Bahia tentar a vida aqui e até hoje estou nesta merda. Dinheiro, nada. Publicação zero, ou melhor, só uma, independente que me custou os olhos da cara, mas reconhecimento que é bom, nada. Só sei viver sozinho, é o que me inspira." Ela em prantos dizia "Você não me ama!" E ele respondia "Eu não amo propriamente a mulher, eu amo o amor, a ideia de mulher, você entende? Você me completa demais e me esgota. Me atrapalha até. Olha: pega este dinheiro, vai fazer um aborto e vamos tocar a vida. Você lá e eu cá. Eu volto para a pensão da Manoela, e a gente se encontra uma ou duas vezes por semana. Você diz a seus irmãos que levou um tombo e perdeu o filho." Ela dizia "Eles não são bobos. Não vão acreditar. Hoje mesmo o Júnior estava dizendo que te capa se você não casar." E ele respondia "Não vão poder provar o contrário. Depois, o tempo vai passando e tudo se esquece."

Ou talvez fosse melhor um terceiro.

Ele entrava em casa emburrado, ela atrás; ele atravessava a sala, trancava-se no quarto, e ela, vendo-o daquele jeito, levava o prato de comida que estava no banho-maria esperando. E ficava lá, parada, boca fechada, olhos arregalados, tentando adivinhar se ele tinha conseguido o dinheiro. Ele, depois de recusar o jantar (tinha acabado de comer um bauru), fazia um pouco de hora, punha o dinheiro na cadeira do lado da cama e dizia "Mulher, compra o enxoval do bebê com uma parte desse dinheiro, guarda o resto pra qualquer necessidade e fica me esperando. Viajo amanhã, vou ver minha mãe em Ilhéus, que não está bem, volto logo, pode esperar." Então ela respondia "Dorme, que você está cansado." E ele: "Estou muito cansado, é verdade, podia estar morto ali naquele prédio, carbonizado, um tição, reduzido à metade do meu tamanho, sem nada para ser reconhecido, de tão feio." E ela: "Graças a Deus isso não aconteceu. É o que basta para a minha felicidade…"

Mas o ônibus chegava.

Desceu na estação rodoviária do Rio à uma da tarde do dia seguinte, com o dinheiro do aparelho de som no bolso, menos o da passagem. Foi procurar o Lima, velho amigo de infância, dos tempos de Itabuna. Jantando com ele, contou que queria tentar a vida no Rio, perto do mar, como estava acostumado, cidade diferente daquela outra, de onde vinha, fria, impessoal, formal, horripilante. Anônima. O amigo acenava um sim a cada adjetivo. Conversa vai, conversa vem, o Lima acabou contando que estava precisando de alguém para cuidar do seu bar, barzinho de nada, mas com freguesia cativa, lá na Lapa. Joaquim disse que gostaria de ficar com o emprego. O Lima disse que aquele não era emprego para um intelectual: salário--mínimo, freguesia pobre… É bem verdade que com moradia nos fundos.

E foi assim que Joaquim escolheu o roteiro número quatro, o impublicável.

A paga pelo serviço no bar nem de longe se comparava aos proventos de São Paulo, onde todos os dias, das nove às cinco, ele trabalhava por produção como datilógrafo na gráfica de certo Nakagawa, na Bela Vista. Dali, depois de engolir um lanche num bar da Conselheiro Ramalho, partia para o prédio da Folha, onde pegava às sete, como revisor. E só largava à meia-noite. Vida dura. No Rio, não passava de garçom desqualificado, mas tinha a vantagem de ser incógnito; não tendo carteira assinada, era ignorado pelo fisco; não precisando ganhar muito, trabalhava o suficiente e tinha mais tempo para escrever. Atrás daquele balcão, era transparente. Outra vantagem, esta colateral: pela sua frente todo dia desfilava um mundaréu de gente, ele podia observar de perto os tipos do outro lado do balcão, matéria-prima para futuras personagens. Foi assim com o Mauro, homossexual assumido que descia do assobradado da frente todas as manhãs às 7:30 para tomar um café com leite, pão e manteiga; a Adalgisa, loira que ia lá comprar cigarros, boca grande sempre aberta num riso que derrubava meio centímetro de uma dentadura mal ajustada; o Escafandro, nome forjado para o Luís, que tinha sido mergulhador e agora naufragava na pinga; e mais uma meia dúzia de figuras normais. Gente inominada, quando não clandestina. Qual o ex-estudante que se apresentava como Josué: ninguém sabia o que fazia; ia lá, comprava cigarro, pão e salame e sumia para reaparecer sabe-se lá quando. Um dia deixou de aparecer. Quando já ninguém se lembrava dele, o Mauro perguntou:

— Lembram do Josué?

Aí lembraram.

— Pois é, era procurado pela polícia. Subversivo. Josué era nome de guerra. O nome verdadeiro era Clodoaldo. Caiu, coitado.

E todas aquelas personagens não conheciam de passado o Joaquim, seu autor. As histórias delas entravam nos contos quase *in natura*. Afinal, elas não tinham o hábito de ler. O estudante foi exceção. Sofreu forte transmutação e virou um sujeito que se criava como personagem até cair nas garras do autor.

E assim por diante.

Portanto, o tempo de Joaquim era dividido entre servir no bar e pensar na vida.

Tinha saído de São Paulo acreditando piamente que seria dado por morto no Andraus. Haveria centenas de não identificados, que aquele incêndio tinha sido um verdadeiro holocausto. Nada disso. Ficou decepcionado quando leu nos jornais que dezesseis eram os mortos. Pouco, para todo aquele fogo. Se todos fossem identificados, seria fácil deduzir que ele estava vivo.

Pensava muito nisso à noite, no quartinho dos fundos, quando parava de escrever. Às vezes a preocupação era tanta que abandonava a caneta e pingava a cabeça, pensando, pensando até o sono chegar. Nessas ocasiões percebia como pendia da opinião alheia. Pretendia ser um dos mortos de uma tragédia coletiva que não tinha tantos mortos. Não gostava de precisar encarar essa obviedade, mostrada por uma razão asséptica e límpida. Preferia outra razão, mais mestiça, cruza de emoção com raciocínio, e esta lhe dizia que ele estava protegido pela reputação de homem honesto. Ninguém poderia desconfiar de um estratagema tão vil. Gancho para mais uma de suas reflexões: até que ponto uns julgam os outros pela fama, e a partir de que ponto começam a enxergar seus atos, a julgar pelos fatos? E quais eram os fatos? Um homem é visto num prédio às quatro horas da tarde. Esse prédio começa a pegar fogo às quatro e quinze. O homem some. Ora, é muito maior a probabilidade de um homem honesto ser consumido pelas chamas do que de ter sucumbido à tentação de se aproveitar de uma tragédia para dar no pé...

Quase todas as noites ele passava ali, no quartinho. Não devia nada à polícia, mas vivia como aqueles estudantes de vida clandestina. No quarto, uma mesa, uma cadeira, uma cama, um guarda-roupa, um relógio, um par de sapatos, um par de chinelos, uma blusa de lã. Duas calças, duas camisas, duas cuecas. A números desse quilate se restringiam os haveres. Umas folhas de papel, umas três canetas Bic. Quartinho em fundo de corredor atulhado de caixotes de garrafa. Paraíso das baratas. Ao lado da porta do quarto, a portinha do banheiro: chão e paredes de cimento, latrina encardida, descarga de caixa, chuveirinho reles. Cheiro de merda e sabonete. Nesse ambiente sonhava-se escritor, livre de agruras e embaraços. Escrevia, desescrevia, reescrevia. As folhas se enchiam de linhas entrecruzadas, Joaquim garatujava como no século XIX, com a pena do XX. De vez em quando, tinha desejos de uma máquina de escrever.

Tinha medo. De quê? Não sabia bem. De ser obrigado a se casar com a Rita? Sim. De ser capado pelos irmãos dela, se não se casasse, conforme prometido sobejamente? Também. De São Paulo? Talvez. Aquela cidade ele dizia ser o leviatã dos pesadelos bíblicos. Por que então não voltava para Salvador? Decerto porque tinha dito a todos que só voltaria bem de vida. Mas no fundo de todas aquelas dúvidas ainda por cima talvez despontasse uma culpa: a de ter largado uma mulher grávida, tirando partido de um incêndio.

Uma vez, na febre de uma gripe teve um sonho. Os irmãos de Rita apareciam na porta do bar, com uma faca na mão, pulavam para trás do balcão, rasgavam-lhe as calças com a faca e, com ela também, de um só golpe, estavam para lhe arrancar os testículos com as mãos imundas quando ele foi salvo pela buzina de um caminhão... Chegou a escrever um conto sobre o assunto. Nele a ameaça se consumava: os três irmãos saíam juntos, um deles com os testículos na mão ensanguentada. Fugiam no caminhão. Tinha vontade de mandá-lo para um concurso promovido por uma revista mensal de literatura, mas temia a publicidade, caso ganhasse. Não mandou. De qualquer modo, quem ganhou o prêmio não o recebeu: a revista faliu antes da publicação. Para ter pelo menos um leitor, pediu ao Mauro que lesse o conto (Mauro era o único freguês que sabia o que é literatura) e desse sua opinião. O Mauro disse que aquilo era um horror escrachado e ainda fez piadinhas sobre aquelas fantasias de castração.

E foi assim que Joaquim engavetou o texto, e nunca mais se falou no assunto. Só retomou o ofício literário para valer quando, através do Lima, lhe chegou a oportunidade de escrever contos eróticos para uma revista de pornografia. O que ele fez com o pseudônimo de Clélia Ângelo. A isso se entregava todas as noites, no quartinho.

O tempo foi passando, e a fantasia de ser capado publicamente, diminuindo, sem sumir, porém. Já até parecia mais plausível a morte dele no incêndio. O Souza, vivo ou morto, seria sua melhor testemunha: se morto, porque todos sabiam que os dois estavam juntos; se vivo, porque o tinha visto descer pelas escadas, onde teria sido abraçado de frente pelo fogo. Para Joaquim, as dúvidas sobre a morte do Souza só vinham crescendo desde a primeira leitura da lista de mortos: o nome dele não constava.

Mas agora não havia escapatória. Que o dessem por morto: condição suficiente para ter nome limpo. Seu filho cresceria acreditando num pai mártir, e a mãe lhe ensinaria a lamber aquela lembrança. Casada com outro, claro, que com aquelas pernas não haveria de ficar sozinha. E ele estava livre. Os contos que escrevia agradavam, a revista continuava encomendando, ele tinha conseguido comprar uma máquina de escrever e Lima já lhe sugeria um fusca.

Certa tarde de brisa quente, fevereiro, sexta-feira, Joaquim tirou umas horas de folga para ir ao médico, tratar de uma frieira no dedão do pé esquerdo. Tinha andado bastante, à procura de umas sandálias decentes e baratas. Voltava com elas nos pés, cansado, resolveu sentar-se a uma mesa de bar, dessas de calçada. Pediu uma cerveja. Começava a tomar os primeiros goles quando notou uma aglomeração lá dentro, todos olhando para uma tevê dependurada na parede. Olhou também: na tela, um prédio pegava fogo. O Andraus ainda? Ou de novo? Por força do barulho da rua a cena era muda. Querendo ouvir, entrou, se aproximou e ficou olhando embasbacado, com os outros, o incêndio do Joelma. Boquiaberto, como se a fumaça do Andraus ainda o sufocasse, a cena disparou nele a mola das reminiscências, a tevê era uma janela de onde ameaçava atirar-se a vida que ele tinha deixado entalada.

Voltou cismado, cabreiro, ao quartinho. Pensava no que era e no que não tinha sido. O que era ele, Joaquim, naquele momento? Balconista ou escritor? Joaquim era balconista. Escritor era Clélia Ângelo. Joaquim era um sujeito que queria reconhecimento literário, mas renunciava a ele. Escrevia contos que não teria vontade de ler para ganhar trocados, mas os caminhos que aqueles contos pudessem abrir estavam fechados a Joaquim Mello. E, se o objetivo era o reconhecimento, ser reconhecido sem ser reconhecido, resultado zero, sem nenhum *mas* que resolvesse a equação.

Vivo anônimo no Rio, como balconista e escrevendo sob pseudônimo, ou morto em São Paulo num incêndio, Joaquim era um só e mesmo nada.

Dois anos se haviam passado. Rita poderia estar casada de novo, e os irmãos podiam ter esquecido a promessa de capá-lo, caso ele fugisse ao casamento. E o filho? Teria um ano e pouco já. Voltava-lhe a vontade periódica de conhecer o filho. Forte desta vez. Que cara teria ele? Mas Joaquim reagia: fosse qual fosse a cara, um dia ia deixar de existir, ia passar, como tudo, como aquilo que escrevia, querendo escrever coisas que sobrevivessem. A cerveja que tinha tomado escoara por suas entranhas e se transformara. Daqui a uns minutos, mijo. Aquela casa demoraria alguns anos para virar outra coisa. Mas viraria. De que importava então saber que cara tinha seu filho? E quem lembraria que certo Joaquim Mello havia transitado pelo planeta durante efêmeros vinte e sete anos e desaparecido num incêndio sem deixar cinzas?

Mas para Joaquim a realidade do passar só servia para aumentar a angústia do querer-ficar. Só fica quem cria laços com o mundo. Fica como nome.

Perdurou assim uns dias, até que tomou a decisão de voltar. Procuraria Rita e a família. Um pedido formal de desculpas devia resolver. Poderia dizer que havia perdido a memória durante todo aquele tempo: choque emocional causado pelo incêndio... Aí pediria Rita em casamento para remediar o malfeito, assumiria o filho e continuaria escrevendo para a mesma revista, mas então com seu nome verdadeiro: Joaquim Mello, com dois *ll*.

Sentia-se asfixiado, dessa vez por falta de amarras.

Da Rodoviária a Osasco, duas horas e meia de trânsito infernal. O mesmo céu de copas caídas, a mesma umidade enferrujada. A rua que ele buscava apareceu enfim depois de ladeira estranhada. Tudo recém-asfaltado; das casas de antes, umas poucas pintadas, outras muitas ainda inacabadas, mas envelhecidas, como donzelonas. Eram quatro da tarde.

Num terreno baldio, uma pelada de crianças. Chamou um dos meninos. Vieram todos. Perguntou se conheciam a criança que morava naquela casa ali, a terceira à direita depois do portão bege.

– Lá não tem criança.
– Nem menino nem menina?
– Nem menina.
– Não tem lá uma moça que mora junto com o pai e os irmãos?
– Não sei.
– Chame então sua mãe, garoto.

A mulher conhecia o casal que morava no portão branco, sim: dona Rita e seu Souza.

Joaquim disse obrigado, mas demorou um pouco para se afastar. Na esquina quis voltar. Tinha ido lá para saber do filho, mas que porcaria de script era aquele que lhe davam? O filho tinha morrido? Doado?

Não havia como descobrir sem a vergonha de se mostrar a Rita, mulher do Souza. Por isso decidiu ir embora. Afinal, as coisas se arranjavam sem ele. Souza vivo, Rita sobrevivente, não havia culpa.

Desceu a ladeira lembrado do Souza. Burocrata histérico, que vociferava contra o aumento do preço do tomate e maldizia os terroristas. O Souza brutal que chutava gatos, o Souza avarento, o Souza de mau hálito. O Souza desprezado pela Rita apaixonada pelo Joaquim. E o que teria sido feito do velho rufião do pai da Rita? E dos irmãos, aqueles três nanicos desvairados, desprezíveis quadrilheiros? E pensar que daquela gente havia pendido a sua vida durante dois anos, daquela ralé merdícola. E assim ia remoendo rancores quando foi freado por dois pensamentos sem solução: o destino do filho e a carreira de escritor. Parou. Por essas duas coisas tinha ido lá, e não para saber do Souza e da Rita. Pensou um pouco e continuou. Escritor ele seria daí por diante com o próprio nome, mas e o filho? Uma voz, vinda da janela de um carro, cortou seus pensamentos:

– Ora, quem se vê! Um morto materializado.

Era o Souza, subido dos infernos numa Brasília azul. Olhava Joaquim de baixo para cima, com olhos marrons e gordurosos. Os lábios lambiam; o olhar matava.

– Entre aqui. Vamos tomar um café ali na avenida.

– Por que você sumiu?
– Problemas. Atordoado. Existenciais.
– Não quis casar.
– Talvez não, não naquele esquema.
– Que esquema?
– Os irmãos pressionando, eu sem dinheiro. Por onde andam eles todos?
– Com a Rita eu me casei. Do resto não quero saber. Comprei a casa e pus todo o mundo para fora. O pai foi para Presidente Prudente. Os irmãos estão por aí. Ela acha que você morreu.
– Só ela?
– Todos.
– E meu filho?
– Que filho?
– A Rita estava grávida.

— Não estava.
— Estava!
— Não estava. Foi mentira para te obrigar a casar.
— ...
— No duro! É verdade. Os irmãos entraram na dela. Todo o mundo queria que você assumisse a relação. Ela, porque gostava de você. Eles, porque queriam que você alugasse uma casa e sumisse de lá com a irmã deles. Nunca ligaram para a honra dela, não queriam saber se você tinha sido o primeiro ou não. Nem queriam saber se ela ia embora casada ou não. Queriam ficar com a casa, e você estava enchendo o saco lá dentro. E ela estava apaixonada.
— Cadê os irmãos?
— Os que queriam te capar? É muito engraçado... (E ria) Por aí, por aí.
— Você sabia que era mentira?
— Todo o mundo sabia.
— Por onde andam aqueles canalhas?
— Tá bom. Dois em Santa Catarina e outro na cadeia.
— Por quê?
— Os de Santa Catarina...
— Não, o da cadeia!
— Assalto à mão armada.
— E a Rita, como está?
— Muito bem. Ótima. No começo ficou um pouco abalada. Queria ir ao necrotério, pedir reconhecimento do corpo etc. Quando vi que você não aparecia farejei mutreta. Me prontifiquei a ajudar, perguntei seu sobrenome. Depois disse a ela que tinha ido lá, deixado nome e foto, mas que você devia estar entre os irreconhecíveis. Uns meses depois tratei de casar. Sabia que você estava vivo. Um dia podia até voltar. Como voltou. Demorou,

mas voltou. Chegou tarde. Está mais gordo do que da última vez que te vi. Rapaz, parece ontem, aquele incêndio… Naquele dia te procurei, viu. Desconfiei até que você tinha pegado o elevador. Antes de voltar para casa, resolvi entrar num bar e tomar uma água. Te vi lá, comendo um bauru.

5

Tudo está onde é,
tudo é onde fica,
cada peça de espaço
é casa duma coisa.

Tudo fica onde está,
menos o som,
que é sem-estar,
sendo-estando com tudo
mesmo quando está mudo.

O CÂNTARO

Em 1973 recebi por correio o conto, duas fotos e a carta do remetente. Este, um amigo engenheiro cuja empresa esteve diretamente envolvida na onda de demolições e construções que varreu a região da avenida Paulista na década de 1970. Guardei a pasta, nunca li o conto. Esqueci de sua existência. Ontem, encaixotando os livros para minha próxima (e, espero, última) mudança, encontrei o material. Li, finalmente. Como o papel da carta já amarelava, e o do conto se desfazia, resolvi registrar parte do conteúdo daquela e a totalidade deste em modernas tecnologias, que perecem de outro modo. Também adaptei a ortografia vencida pela atual. Fiquei em falta com o amigo, a quem nunca respondi. Lapso irremediável, pois ele faleceu no ano passado. Que este registro sirva de reparo enquanto durar.

A carta (em parte)

[...]

Na primeira vistoria que fui fazer no terreno, os trabalhos de demolição estavam no fim. O arquiteto que me acompanhava informou que o imóvel já tinha entrado em decadência na década de trinta, quando foi vendido pelo herdeiro de seu construtor. O comprador reformou a casa, mantendo as características arquitetônicas essenciais (como você pode ver pelas duas fotos anexas, uma de 1930 e outra de 1970), e morou lá com a família até 1962, quando a vendeu a uma empresa de importação e exportação para a instalação de escritórios. Estes funcionaram lá até oito meses atrás, época de nossa aquisição para a construção do prédio. No dia da vistoria, grande parte do subsolo ainda não havia sido demolida. Onde ficava a antiga cave, que servia de depósito à empresa, encontrei alguns velhos livros de medicina empilhados e, no meio deles, chamou minha atenção uma pasta de couro já bem deteriorado. Envio-lhe o material que ela continha: folhas soltas datilografadas. Quando fui manusear, caíram dois recortes de partitura, que eu apanhei e joguei no lixo. Depois percebi que deviam ter desgrudado, que faziam parte do texto. Deu tempo de recolher da lixeira, ainda bem. Colei os recortes onde achei que cabiam pelo espaço deixado. Não sei se acertei. Quem assina o texto é Paulo Cortez Mourão, o tal herdeiro do primeiro proprietário. A explicação para a permanência dos papéis ali é simples. Consta que a biblioteca existente na época da primeira venda passou ao comprador, e que este, ao se mudar de lá, deixou grande parte dos livros que havia na casa, dizendo que cuidaria de sua doação. Mas não cuidou. A empresa compradora se desfez do que

pôde e "esqueceu" o resto ali. Portanto, o que encontrei era o resto do resto dos livros dos tempos do auge do imóvel. Os livros de medicina não despertaram meu interesse, até porque são do começo do século, devem estar bem desatualizados. A pasta com o texto eu resolvi trazer, pensando em você, que é interessada por coisas de literatura. Li o conto há mais ou menos dois meses. Não o mandei logo porque fiquei intrigado. Voltei à área para ver se encontrava a tal ninfa com cântaro (lendo, você saberá do que estou falando), mas não achei. No entanto, como você pode observar na foto de 1970 que lhe envio, ela está bem visível do lado esquerdo da imagem. Não sei explicar esse sumiço. O mais interessante é que nos arquivos policiais da época (pessoalmente lhe dou os detalhes da pesquisa que encomendei) consta de fato a morte de certo William H. Clifford naquele endereço. Registra-se lá um ferimento na cabeça e declara-se que a causa mortis deverá ser investigada. Não consegui mais nada, nem tenho tempo de me aprofundar. Também não consegui confirmar se o tal Paulo C. Mourão publicou alguma obra na vida, quero dizer, se era escritor de fato ou amador. O que no texto será verdade e o que mentira? Por que alguém inventaria uma história dessas? Por que alguém inventaria uma história? Confesso que para a minha mente acostumada ao raciocínio matemático essas coisas são incompreensíveis. Leia e depois me diga o que achou.
[...]

O Conto

Maio de 1937, um dia qualquer, quase oito da manhã, o carro do consulado despeja Clifford em frente ao portão do casarão e vai embora. Clifford olha o casarão durante vários minutos. Irreconhecível. Não porque o telhado esteja enfiado no teto baixo e branco que é o céu naquela hora, não porque a neblina compacta embace tudo, mas porque os sinais de vida estão ausentes. Falta a sineta do lado direito do portão, que está enferrujado e fechado com corrente e cadeado; enferrujadas também estão todas as grades; a pintura já é um sem-cor de antanho; as treliças das empenas se racharam; o verniz das madeiras sumiu; o mármore dos degraus perdeu o brilho; as venezianas do quarto do Mourão estão oblíquas, tortas... quebradas... Abandono é a palavra. Nos corredores laterais, o mato, crescido entre as pedras, diz que por lá faz tempo não transitam carros. Visto da frente, o antes jardim dos fundos é agora mata fechada.

Clifford imagina o óbvio: quem ele procura já não mora ali. Encosta-se ao muro, de costas para a casa. Parece pensar no que fazer. Dez anos antes, num novembro quente, umidamente primaveril, foi lá pela primeira vez. É bem possível que houvesse borboletas, abelhas, joaninhas e outros insetos menos nobres pelo ar. Uma correição talvez avançasse pelas pedras do muro, carregada de folhas, flores, espinhos, asas de baratas, como devotos com seus andores coloridos nas procissões da Espanha. Agora, maio frio e brumoso, nem formigas há. A mureta gelada estará deserta de bichos como a calçada, de transeuntes.

Uma porta bate nos fundos. Clifford se vira. Um ruído sempre é prenúncio de outro, Clifford se põe alerta. Mas o outro não vem. Então bate palmas. Nada. De novo. Nada. Parece que vai desistir. Ir a pé ou de bonde até a praça Ramos de Azevedo não é uma impossibilidade, mas ele não sai do lugar. Não há som no ar, a neblina abafa tudo. Passos. Som de passos na calçada. O vulto de um homem encapotado aparece na esquina, define-se aos poucos, passa mais nítido por ele, uma nesga de rosto entre chapéu e cachecol, e começa a imergir de novo na neblina, até sumir. Ficam os passos, que persistem bom tempo cerração adentro. Clifford desencosta do muro e toma o rumo da Consolação. Está uns dez metros antes da esquina, entra na rua a caminhonete do leiteiro, que passa por ele e para. Clifford também para e olha para trás: o leiteiro desce do carro em frente ao casarão, olha o fundo do corredor direito. Alguém vem. Clifford volta. Pelo corredor, um homem caminha para o portão: capote preto, calça preta, touca branca de lã, chinelos: xooc-xic-xooc-xic. A mão direita vem carregando uma leiteira pequena e vazia, balançando um staccato metálico em contraponto escandaloso com aqueles chinelos fricativos. O braço esquerdo parece atrofiado, e a mão inerte pende torta na altura da cintura. A boca tende para o lado esquerdo, quase circunflexa. Mas o olho cinzento, que Clifford já consegue perceber, tinha ficado parado no tempo.

– Horácio!
– Bill!

Não se abraçam. Talvez quase. Clifford poderia explicar que faz um tempão está ali batendo, mas não diz nada. Quer talvez saber o motivo do ermo, mas não indaga. Faz menção de cumprimentar, mas para apertar a mão do outro não acha jeito de estender a sua a uma leiteira. Avança para o homem, alegre com o reencontro, frustrado com a descoberta, querendo, mas não podendo, perguntar por que ele em dez anos tinha virado aquele molambo.

Horácio vai em direção ao carro. O motorista abre a torneira de um dos latões que ficam na traseira, e o leite jorra para a leiteira de Horácio, que já pesca moedas no fundo do bolso direito.

No fim os dois enveredam pelo corredor, Clifford finalmente pergunta:

– O doutor Mourão mudou?
– Não, Bill, morreu. Faz cinco anos. Do coração.
– Dona Thereza?
– Também. Antes. Afogada. Ele, coitado, de desgosto.
– Por que ninguém me escreveu?
– Não tinha endereço.
– O Consulado tem.
– Ah, é. Nem pensei nisso. Desculpe, Bill, a vida... Eu esqueci.
– E com você, o que aconteceu?

Horácio não responde. Já estão nos fundos, e lá se vê que do jardim só restam as árvores mais rijas. Plantas baixas, asfixiadas pelo mato. Clifford para como quem para diante de um defunto. Fica um tempo ali, cabisbaixo. Voltando-se, vê Horácio a entrar na casa pelo alpendre, cheio agora de móveis inutilizados.

Clifford entra também. O aposento é amplo, velho conhecido do tempo em que era sala de estar forrada de papel rosado. Costumava ter floreiras, que já lá não estão. Resta o papel, escurecido, desgrudado aqui e ali. Encostada à parede da direita, uma cama e, debaixo dela, um penico. Um guarda-roupa de marfim, talvez trazido de lá de cima, deve guardar a roupa de Horácio. À esquerda, uma mesa suporta uma tina. Ao lado, um balde com água. Noutra mesa, um fogareiro *Primus*, um pão cortado, manteiga. Umas cadeiras. O resto do espaço é um universo vazio, frequentado pelo frio impiedoso e pelo cheiro da querosene do fogareiro.

— Agora estou morando aqui, enquanto a casa não é vendida...

— Herdeiros?

— ... não dava mais para morar lá nos fundos, nas dependências dos empregados. A construção está um caco, cano entupido, vazando. Ainda por cima, longe... e agora eu ando bem alquebrado, você está vendo. Aqui é mais perto, dá para ouvir mais depressa os barulhos da casa...

— Quem mais mora aqui?

— Só o Paulinho.

— Aquele filho que estava em Paris?

— É.

Clifford não precisa fazer muitas perguntas. Horácio vai explicando o que, imagina, o amigo quer saber. Conta que teve um derrame logo depois que o doutor Mourão morreu. Derrame que pegou de leve, menos mal. Ainda tem um pouco de problema na mão e na perna, mas pelo menos não ficou entrevado. Lembra os outros empregados, que saíram, restando ele porque daquele jeito quem o iria querer? Paulinho cuida dele. E ele, do Paulinho.

— Mas o Paulinho não cantava ópera em Paris?

A boca torta de Horácio esboça um repuxão quando tenta sorrir.

— Que nada! Ele escrevia para o pai, dizendo que estava no conservatório de Paris, mas estava mesmo na folia. Quando a dona Thereza morreu, o doutor Mourão escreveu, mandando voltar. Mas ele não voltou. Depois que o pai morreu, não teve outro jeito. Chegou com uma mão na frente e outra atrás. Foi feito o inventário. Menos coisa do que parecia. Descontando as dívidas... O doutor Mourão não vinha de família rica. Recebeu de herança só o estudo e uma fazendinha. O dinheiro que ganhava na vida era da medicina. Clientela rica. Gostava de viver bem. E de corridas de cavalo. Comprou muitas joias para dona Thereza. Aliás, benditas joias, porque com elas o Paulinho ainda se sustenta uns anos. Depois, seja o que Deus quiser.

– Ele não trabalha?

Outro repuxão da boca, dessa vez, mudo, enquanto a água vai sendo posta no coador e ele vai lastimando e detalhando a vida boêmia que o mocinho leva.

Clifford ouve com modesto interesse enquanto espicha o olhar, procurando enxergar o corredor que sai de uma porta do aposento, à direita de quem entra do jardim. Horácio entende:

– Depois nós vamos lá dentro, ver. Você deve ter saudade daquele tempo. Eu também. O Paulinho ocupa uns aposentos lá de cima, os outros estão abandonados, vazios. Você vai ver. Tudo vendido. Quando a casa for também, não sei para onde vou.

Diz a última frase repondo a chaleira no fogareiro.

– Pode vir comigo para a Inglaterra.

Horácio olha sério para o inglês. Descrê. Ajeita o coador com a mão direita e depois, com a mesma mão, despeja o resto do conteúdo da chaleira. A fumaça quente e perfumada do café começa a se enfiar pelas emanações do querosene.

– Forte, Horácio. Bem forte.

– Forte? Bebeu muito ontem?

– Não, ontem não. Você está vendo que eu estou aqui às oito, inteirinho?

– Ainda bebe muito?

– Não tanto como antes, mas bastante.

O inglês ri. Horácio não. Serve o café e começa a pôr o leite na panela.

Bill toma o café com gosto e, por cacoete, examina a xícara. Louça vagabunda. Vendido decerto o jogo de porcelana inglesa que deu um dia ao casal. Observa Horácio. O nariz parece maior, agora que a boca definhou. Continua de touca. Como estariam os cabelos?

– Como foi que dona Thereza se afogou?

– Foi no Guarujá. Ela não queria ir. O doutor Mourão insistiu. Ela odiava mar.

– Sei, sei.

– Pois é. Se hospedaram num hotel. Ela não saía, ficava jogando no cassino. Um dia, o doutor Mourão insistiu, insistiu, ela concordou em ir passear pela praia. Fazia muito calor. Ele entrou na água, chamou, chamou, ela não quis entrar. Voltaram para o hotel de tarde, jantaram, ela foi dormir, ele ficou jogando. Dizia ele que se deitou tarde, ela já estava dormindo. Acordou de manhã, ela não estava no quarto. Desceu, não estava no restaurante. Procurou por todo o hotel, não achou. Perguntou na portaria, disseram que ela tinha saído. Ele saiu, procurou pelas redondezas, nada. Viu um ajuntamento, foi se informar: era a mulher dele, morta, afogada. Coitado. Um guarda contou que quando viu alguém se debatendo no mar entrou na água, mas foi uma dificuldade alcançar, era fundo, quase foi junto. Quando trouxe ela para a areia, já não dava sinal de vida. O doutor Mourão nunca soube como foi que ela resolveu entrar na água, se detestava mar.

Thereza. Magra, vestido estampado...

– Ela estava com que roupa?

– De banho.

... sentada na ponta do sofá, pernas cruzadas, a de cima geralmente enroscada por trás da de baixo. Roía unhas. Calada. Muito calada. O marido falava, ela ouvia. Olhava para ele com aquele olho grande, preto, brilhante. Olhava firme. E pensava. Pensava o quê? Vai saber... Às vezes, quando falava, não terminava as frases. Era como se o pensamento, veloz demais, não tivesse paciência de ficar esperando palavras e saísse na frente, procurando paragens. Então ela parava de montar sintaxes compreensíveis, como se esperasse o marido adivinhar o que ficava faltando. E ele adivinhava. Com os estranhos ela era menos reticente, mais paciente. Quanto menos falava, mais tocava. Tocava piano aquela mulher... Não tinha nascido na alta sociedade. Mas sabia conviver com o pessoal que se orgulhava da ascendência bandeirante. O pai era merceeiro, coisa que não se dizia, talvez por esquecimento. Horácio tem certeza de que ela se suicidou.

— Você acha mesmo? De roupa de banho?

— Claro, como é que uma mulher que detestava água ia nadar de manhãzinha?

— Eu quero dizer que...

— Tão caladinha, tadinha.

— Não quero leite, não. Já tomei meu *breakfast*.

Mas Horácio vence e tomam café com leite: Clifford pensando no Brasil; Horácio, na Inglaterra.

Às nove a neblina está quase levantada. Clifford quer rever os jardins.

Não passam do portãozinho de trás, porque o caminho da casa dos empregados está fechado, Horácio não sabe onde está a chave. Clifford diz que quer ficar um pouco sozinho no jardim do fundo. Horácio entra, e ele se senta no que resta de um banco de madeira. Olha para o solário. Não voltou lá para ver Mourão. Voltou por causa de um sonho. Não um sonho-devaneio, e sim um sonho que se tem alta madrugada de sono profundo. Sonho que o deixou impressionado mais de uma semana e o fez pensar no passado de Brasil. Ficou melancólico, sentia saudade, parou de dormir... e de sonhar. Aquele, parece, tinha sido o último sonho de sua vida. Pensava, pensava e não entendia o que ele ocultaria de tão importante. O sentimento que brotava dele vinha de um caroço enterrado, espécie de cancro não diagnosticado que era preciso extirpar. Sonhou que, em vez do jardim dos fundos, o que havia era um grande lago-piscina, onde ele nadava. Clifford, nadando, era ele mesmo e também lorde inglês mais grego e romano. Uma clâmide vermelha atada ao ombro flutuava atrás de seu nado, numa espécie de voo aquático. Do alto do solário, um mundo de gente aplaudia. Só então se percebeu observado. Saía do lago-piscina e entrava seco como agora pela casa-varanda. Inesgotável casa, ele percorria salas e salas forradas de mármore castanho, habitadas por esculturas vivas...

— Aliás, aquele busto feminino do vestíbulo, que o Mourão dizia ter comprado em Roma? – Clifford perguntara a Horácio

— Vendido.

...via os quadros, o piano, os móveis, os tapetes, tudo mais colorido, fulgurante, afogueado. O piso de mármore de carrara e pedra lioz, o gradil francês no meio do salão, as escadas, tudo eram salas, salas, salas, sem cozinha, sem quartos. Mas havia o banheiro. Entrou. Lá, uma escultura com inscrição: ninfa com cântaro, em português. Fugiu.

Acordou sufocando. Não se lembrava de onde conhecia aquela escultura, que pairava na sua memória envolta na irritante bruma da dúvida-certeza. A partir daí a casa de verdade sumiu de sua lembrança, ocupada pela do sonho. Agora... nem uma, nem outra.

Horácio volta, os dois resolvem contornar a casa. Pelo corredor esquerdo, encaminham-se para a frente, e então deparam com aquilo que havia desaparecido da memória consciente de Clifford: o tanque e o chafariz, a ninfa com cântaro. Clifford para e silencia, enquanto Horácio fala:

– Lembra dos peixes? Morreram todos. O chafariz secou. Ferrugem no cano. Só serviam para enfeitar. Eu até quis botar aí uns lambaris, para a gente comer, mas também morreram. Quer dizer, morreram antes de ir para a frigideira. (Não ri.)

Encostado à parede, num recesso, entre o corpo principal da casa e um avançado da varanda, um tanque de três quartos de círculo, mais ou menos três metros de diâmetro e um de fundura, rodeado por uma platibanda de uns quarenta centímetros de altura, antes estava cheio de peixes exóticos, orgulho do Mourão. Uma estátua feminina segura ainda um cântaro deitado, de onde (antes) jorrava água: era o chafariz. Agora, não jorra nada. No fundo do tanque, uns trinta centímetros de água suja, decerto resto das últimas chuvas. O mármore da platibanda, da figura do chafariz, o fundo do tanque, tudo coberto por fuligem. Clifford sente uma espécie de canseira, olha para o alto, buscando o teto da casa, e depara com o sol. A neblina sumiu, e o céu da manhã avisa que o azul vai durar até as seis.

– O dia vai ser bonito, do jeito que dona Thereza gostava: seco, limpo e frio. Que horas são?

– Dez – responde Clifford.

Os dois passam pela frente da casa. Por trás da porta fechada, Clifford sabe que não vai encontrar as salas do sonho nem as de antes. Encontraria a realidade, e ela já não interessaria. Faz duas horas que chegou, viu o que dava, melhor ir embora.

— Horácio, acho que já vou embora. Fiquei triste com as notícias, preciso cuidar de uns assuntos. Eu vou deixar meu endereço. Pense bem na minha proposta. Se decidir ir comigo, apronte tudo, partimos dentro de um mês. Só preciso resolver uns assuntos comerciais por aqui e depois vamos embora.

— Horácio, quem está aí com você? — a voz vem da sacada da direita.

Clifford olha para cima e vê um rapaz de altura mediana, cabelos despenteados, olhos inchados de quem acaba de acordar, mas vestido como quem acaba de chegar da rua: Paulinho.

— É o Bill, amigo do seu pai.

— Vou descer. Esperem um pouquinho. Saio pela cozinha.

Dos pais, Paulinho só tem os olhos pretos e tristes da mãe; de resto, não lembra nenhum dos dois.

Clifford estende a mão:

— Senhor Mourão, sou Clifford. William Clifford. Muito prazer. Conheci seu pai em 1926, quando trabalhava para a São Paulo Railway. Conheci também a senhora sua mãe. Meus pêsames...

— Ora, deixe pra lá. O que passou, passou.

Silêncio. Os três continuam em pé, junto à porta da cozinha.

— O Bill almoça conosco.

— Não, Horácio, não, de jeito nenhum. Não quero incomodar.

Paulinho não se mexe. Olha para as pontas dos pés, para os chinelos. Parece esperar que o inglês se despeça. Mais uns segundos de silêncio, Clifford diz sem pensar:

— Eu só queria mesmo ver a casa de novo... quero dizer... por dentro.

— Uma vez chegou uma carta sua — diz Paulinho.
— Sim, sim, escrevi. O senhor recebeu a carta então?
— Olhe, deixe essa história de senhor. Recebi, meus pais já tinham morrido.
— É verdade. Faz uns dois anos que escrevi. Não recebi resposta.
— É, eu não tinha o que dizer.

Clifford olha para Horácio, que encerra o assunto:
— Paulinho, o Clifford pode dar uma volta pela casa?
— Claro, claro — e fica lá.

Os outros dois entram, atravessam a cozinha, passam por um corredor e saem naquilo que seria antes a sala de jantar. Vazia. Um pequeno lance de escadas, e estão numa saleta de distribuição: à direita, o grande salão de entrada, antes subdividido em três ambientes; na frente, a saída para o solário; à esquerda, uma outra saleta, que servia de vestíbulo para o escritório e a biblioteca, de onde saía, à direita, um banheiro e, ao lado deste, as escadas que iam para o andar de cima. Rumam para a direita. Horácio vai abrindo as janelas. Com a invasão do sol, a poeira se materializa em partículas rodopiantes, despertadas de um descanso de meses; isso para a poeira nova, porque também está presente a já domiciliada nas superfícies, cristalizada, estabilizada, acinzentada. A que voa é brilhante e multicolorida.

— Veja o salão. Aqui nesta ponta ficava o piano. Você se lembra, não é? Vendido. Dos móveis, ficaram estes três sofás, para uso do Paulinho.

A vastidão do salão está vazia. Na parede, retângulos mais claros, deixados pelos quadros, são verdadeiros corpos de delito. Aqui um Paul Fisher, ali um Victor Meirelles, um Millet perto do corredor... ou era o Daumier?

— E lá em cima?

— Tudo vendido também. Paulinho ficou com o quarto que era dele, o único que ainda está mobiliado. Lá pôs o rádio. Ficou com a Rolleiflex... Agora falta vender a casa. Da biblioteca e do escritório, foram vendidos os móveis, menos as estantes, com portas de treliça, que são embutidas. E os livros.
— Os livros estão todos aí?
— Todos. Ainda não foi decidido o que fazer com eles.
— Quanto está pedindo?
— Pelos livros?
— Não, pela casa.
— Não sei.
— Conheço um inglês que vai se mudar com a família para o Brasil. Vai se instalar no ramo de siderurgia... talvez se interesse. Se o preço for bom. Vai gastar muito com reforma.
— Cento e oitenta contos de réis... – é Paulinho, aparecendo pelo corredor.

Clifford assusta-se com a aparição repentina e arregala os olhos. Paulinho, achando que o susto é pelo preço:
— Não é muito, não. Considere a localização, o tamanho do terreno. Está certo que a casa precisa de reforma, mas o ponto é muito valorizado.
— Não conheço preço de imóveis aqui. Estou fora do Brasil faz dez anos. Vou transmitir seu preço ao intermediário que está cuidando do assunto. Ele decide.
— Bom, se existe alguém cuidando oficialmente do assunto, claro, peça a ele que venha falar comigo, podemos negociar, ele pode fazer uma proposta. Venha ver o escritório, a biblioteca. Quem sabe seu amigo quer ficar com a biblioteca. Aí também podemos negociar. Está certo que ele não é do ramo de papai. Ele é...

— Engenheiro.
— Bom, aqui há muitos livros de medicina. Mas também de arte, história, literatura. Byron!... seu amigo vai gostar. Muitos franceses. Ele lê francês? Não?! De qualquer modo, quem sabe a esposa dele... Filosofia, religião, teatro, música... Papai conhecia tudo...

Horácio abre as janelas, puxa as cortinas. Tal como na sala, o sol, intrometendo-se, denuncia todo o teor da poeira ambiente. A sujeira dos livros é calamitosa. O inglês quer sair. Já pode ir embora. Estende a mão a Paulinho.

— Bem, foi um prazer. Agora vou indo.

Paulinho não estende a mão:

— Não, fique. Horácio, ele almoça conosco, certo? A comida não é grande coisa, mas é melhor do que sair por aí agora. Que horas são? (Puxa o relógio do bolso). Quase onze. Quem sabe podemos conversar melhor. Você vai vendo a casa toda, enquanto o Horácio faz a comida. Que acha, Horácio? Conhece o tamanho do terreno, não? Sabe do solário, dos cômodos de lá de cima? A casa é maravilhosa... A vista do solário é linda.

— Já conheço, sim. Muito obrigado. Vou descer a pé até a Ramos de Azevedo, comer em algum restaurante e fazer umas compras. Aviso o consulado e vou para casa. Hoje é meu dia de descanso.

— Bill, se você ficar, eu faço feijão, arroz, salada e costelinha de porco. Sei que gosta — diz um Horácio aliciante, com a mão boa pousada no ombro do amigo.

Clifford não quer ficar. Clifford quer ir embora. Onde se acomodar naquela casa nua? Mais uma vez, Horácio adivinha:

— Sente ali no sofá. Eu vou até o açougue aqui perto comprar as costelinhas.

Paulinho interrompe:

— Horácio, garanto que tenho argumento mais forte: que tal um daqueles vinhos do meu pai?

— Não foram vendidos?

— Não! Foram bebidos. Sobrou pouca coisa, mas dá para nós três...

— Com costela de porco?

— E com que mais?

— Está bem! Depois do almoço cuido da vida.

Horácio sai, os dois se sentam nos sofás que restam na sala, próximos a uma das janelas. Desta, desce uma cinta larga de sol oblíquo de inverno, que, batendo em cheio nas costas de Clifford, o obriga a tirar o capote e a boina. Abre a boca para fazer um comentário sobre o tempo, quando Paulinho diz:

— Como conheceu meu pai?

— Ah! Sim! Foi engraçado. Eu tive muitos furúnculos, por todo o corpo, seu pai tratou. Os outros médicos não resolviam, seu pai resolveu. Então, pegamos amizade, comecei a frequentar a casa. A última vez foi em 1927. Aqui era muito agradável.

Paulinho, calado, olha para a cara do inglês, que repete: "— Muito agradável, muito agradável", com aquela boca fina e sensual, debaixo de um nariz pontudo de narinas alargadas, olhos pequenos, argutos e ingênuos, opostos conciliados debaixo de um maço de cabelos grisalhos, ondulados, desalinhados de cada lado da cabeça. Ainda diz um "muito agradável" sem saber o que fazer com o silêncio e olha para o lado da sala onde antes ficava o piano:

— Sua mãe tocava Chopin maravilhosamente bem.

— Ela tocava Chopin! Não diga!

— O senhor não sabia?

— Estou sendo irônico.

— Irônico?
— Sim, todas tocam Chopin.
Clifford se ajeita na poltrona e encara Paulinho:
— Mas ela tocava bem.
— A única originalidade. Minha mãe e você conversavam muito?
— Sim, sim... Por quê?
— Por nada...
Clifford põe os dois cotovelos nos joelhos e inclina-se para a frente. Parece preparado para um salto. Paulinho emenda:
— É que ela não costumava ser muito expansiva. Você deve ter algo muito especial.
Clifford franze a testa, empertiga-se, encara Paulinho e pergunta:
— Por que o senhor diz isso?
— Clifford, "senhor", não, por favor.
— *Sorry*. Você deve entender muito de música. Estudava no Conservatório de Paris, certo?
— É o seguinte: vou ser sincero. Meu pai resolveu que eu seria um segundo Caruso. Me mandou para Paris quando completei dezenove anos. Tenho voz boa, sim, mas não tanto. Além disso, não gosto de ópera. Pelo menos não o suficiente para ser cantor lírico. Não havia como convencer meu pai disso. Então fui. Entrei para uma companhia de *vaudeville* e me diverti muito. Precisei voltar para o Brasil quando ele morreu. Hoje faço teatro. Qualquer coisa... Sou ator e também componho umas canções, de vez em quando: humorísticas, amorosas, o que me pedirem. Ganho pouco, mas é assim que quero viver. Um aperitivo?
— Pode ser.
— Não posso oferecer *whisky*. Tenho uma cachaça muito boa...

E sai em direção à cozinha. Passa pela porta perguntando "Horácio, achou o que queria?" e some.

Clifford preferiria a companhia de Horácio. Aproveita e se levanta para ir à cozinha, quem sabe obriga Paulinho a ficar lá também. Mas não tem tempo. Quando chega à porta, ele já volta:

– Experimente. Esta cachaça é ótima.

Clifford olha o cálice barato e, bem lembrado do cristal que naquela casa se usava antes, leva aquela espécie de copinho aos lábios, engole o primeiro gole e, com o segundo, esgota tudo. O calor do álcool descendo pelo esôfago começa a mudar o seu humor.

– Mais um?

– Mais um, é muito bom.

Paulinho põe a garrafa no chão, vai até o escritório e volta trazendo uma mesinha de centro com um dos pés rachado. Põe a mesinha diante das três poltronas, recolhe a garrafa do chão e a põe sobre a mesa. Senta-se satisfeito, saboreando o conteúdo do seu cálice e começa a discorrer:

– Saí da Europa contra a vontade, mas agora acho que fiz bem. Não demora muito, aquilo vai ser um inferno. Vai haver uma guerra.

– Não, não! O que é isso?

– Clifford, Hitler acaba de ab-rogar o Tratado de Versalhes. A Alemanha está armada até os dentes. Nenhum alemão engoliu até agora a humilhação de 1918.

– Não, não, não posso acreditar. Aliás, eu preciso ser otimista. Moro na Inglaterra, agora não tenho motivo nenhum para ficar no Brasil. Eu acho que Hitler pode fazer guerra, sim, mas com a União Soviética. De qualquer jeito, acho que a Inglaterra fica fora. É uma ilha. Além disso, o *Duke* de Windsor esteve na Alemanha em abril. Convidado de Hitler. Soube disso, não?

— Sim, sim, soube. Mas não acho que signifique muito...

A língua de Clifford estala contra o palato saboreando a cachaça. Paulinho olha para ele e pergunta:

— Clifford, o que é que você achava de minha mãe?

O inglês põe o cálice na mesinha, junta as mãos e olha para Paulinho. Depois de alguns segundos diz:

— Uma mulher muito fina... Por quê? Culta, inteligente...

— Não, Clifford, não estou falando dos dotes sociais dela, mas dos psíquicos. Você acha que ela regulava bem?

— Regulava?!... Regulava o quê?

— Regular, no sentido de ter juízo, de não ser louca. Você acha que ela regulava, que ela não era meio biruta?

— Ah, não conhecia essa palavra nesse sentido. Bom, acho que sim, sim. Ou melhor, não, não era louca, não... Por quê?

— Pois eu acho que não regulava bem, não. De vez em quando, era capaz de ficar sem falar durante uma semana. Às vezes andava pela casa à noite, de olhos arregalados. Era sonâmbula, sabia? Outras vezes, sentava numa cadeira e ficava roendo as unhas, horas e horas. A gente falava com ela, ela não respondia. Era como se estivesse dormindo de olhos abertos. Você nunca notou isso?

— Não, sim, às vezes... às vezes era calada. Olhos arregalados, sim. Pretos. É, às vezes calada, sim. Mas seu pai falava muito.

— Falava por ela. Com estranhos, é interessante, ela cumpria todas as formalidades, era sempre oportuna, falava o suficiente, no momento correto. Apesar de ser filha de dono de venda, conseguiu aprender regras de etiqueta, a tocar piano etc. etc. Mais um cálice? Meu pai tinha adoração por ela.

— Sim, sim.

Clifford estende o cálice vazio.

– Quando ela morreu e papai me escreveu, percebi que ele estava transtornado. Dizia que a culpa da morte dela era minha.

– Mas ela se suicidou mesmo?

– Eu não disse que ela se suicidou...

– Ah, bom... Então por que é sua culpa?

– Não é minha culpa.

– Ah, claro. Por que *ele* dizia que era?

– Porque ele achava que ela tinha se suicidado.

Clifford começa a se inquietar com a conversa. Paulinho prossegue:

– Eu não tenho dúvida de uma coisa: acho que aquilo foi um passeio de sonâmbula.

– Mas ela teria acordado quando entrou na água (é Horácio quem diz, aparecendo). Água acorda sonâmbulo. Assim que aquela água gelada batesse no pé dela, ela teria acordado.

– Lá vem você com essa conversa, Horácio. Você diz isso só para defender sua tese de suicídio.

Os olhos pretos de Paulinho fixam Horácio. Parecem querer saltar das órbitas. Clifford olha para Horácio, que responde, impassível, olhando de frente para Paulinho:

– Não, não é isso, Paulinho. Na verdade eu não acho que ela se suicidou. Sabe o que eu acho? Eu acho que ela saiu de manhãzinha para o mar, tentando vencer o medo que tinha de água. Queria provar ao seu pai que era capaz de entrar no mar.

– Ah, Horácio, não me venha com essa – Paulinho gargalha, olhando para Clifford, que prefere o silêncio. Mas Paulinho insiste em saber o que ele acha, e ele responde:

– Não sei, não sei. Não me metam nessa. Não acho nada. Não estava lá, não vi, não vou dizer nada.

— Vá lá ver o feijão, homem. Daqui a pouco queima, como no outro dia.

Horácio faz meia-volta, obedecendo à ordem do patrão.

Uma onda de calor sobe pelas faces de Clifford, que se sente regenerado, quase começa a gostar de Paulinho, quase se sente à vontade naquela casa violentada. Tanto que diz de supetão, para logo depois se arrepender:

— Gostaria de ouvir você cantar.

— Vou lá em cima pegar o violão.

E Clifford, ali sentado num sofá, na beira de uma sala nua, voltado para uma parede, fica esperando, esperando decidir se foge para a cozinha ou se insiste em ficar lá, exposto a alguma cançãozinha sem graça. Só então toma consciência de que parte do seu mal-estar se deve ao fato de estar sentado de costas para uma imensa sala vazia, como se aquele espaço lhe pesasse nos ombros, como se cobrasse a gentileza de não lhe dar as costas. Vira-se e faz o que tinha vontade de fazer desde a chegada: olha para o local onde antes ficava o piano. Era lá que...

Paulinho, entrado, já se sentando, vai começando a pinçar acordes sem rumo, que os ouvidos de Clifford tentam seguir, à espera do fim de uma frase com sentido. Que não vem. Enquanto isso, o moço fala, como quem se acompanha a declamar, até que com um acorde mais forte começa a tocar. É um villancico do século XVIII, explica. Não toca só um. Encadeia três villancicos. Clifford sente-se melancólico, porque as melodias essenciais no timbre despojado do violão costumam mergulhar o ouvinte num mundo robusto e suficiente com que o substancial põe cara a cara... Isso quem diz é Paulinho, que já não toca. Logo depois começa a cantar. Desenterra canções, improvisa, apela para o humorístico, o sarcástico. Clifford se anima, bate palmas. Mas Paulinho se cansa. Para e toma um gole de cachaça. Clifford diz:

– Eu gostava de ouvir sua mãe tocar Chopin, mas agora também estou gostando de ouvir você tocar e cantar.

A voz já sai arrastada. Uma e meia, Horácio aparece, dizendo que o almoço está pronto.

Os dois se levantam e tomam o caminho da cozinha, mas Clifford quer antes ir ao banheiro. Enquanto ouve um "esteja à vontade" de Paulinho, entra na saleta que servia de vestíbulo ao escritório. À direita, ao lado da porta do banheiro, as escadarias que levavam ao andar de cima. Olha, põe o pé no primeiro degrau, mas desiste. Entra no banheiro. Não espera encontrar ali a ninfa com cântaro. Sabe distinguir sonho de realidade. Ao contrário, redescobre a casa como quem reconhece um antigo amor num rosto enrugado. O mármore do revestimento, o lavatório amplo, tudo está lá, como antes. Um pouco de desgaste, talvez, certa falta de brilho nos metais, mas não há sujeira. É o banheiro usado por Horácio. Abre a braguilha e, enquanto a urina cai ruidosa, lhe aflora na alma uma entranhada e insuspeitada repulsa por este país. Em dez anos o ar tinha mudado de substância, ganhado peso, vulgaridade. Fecha a braguilha, lava as mãos e vai enxugá-las numa toalha puída, dependurada ao lado, onde ainda se vê, desbotado, um monograma conhecido: um C e um M entrelaçados. Larga a toalha e sai do banheiro como quem foge.

Paulinho espera junto à porta da saleta, com duas garrafas de vinho nas mãos. Come-se e bebe-se muito durante duas horas. Paulinho fala, Clifford ri e comenta, Horácio ouve. Talvez o inglês ache Paulinho um ser trepidante demais, intranquilizador, capaz de pôr o mundo em risco. Talvez esteja emudecido pela impressão de viver um simulacro. Ou seria paródia?

Terminado o almoço, o único sóbrio é Horácio.

Vão para a sala (os três: Clifford não permite que o empregado lave a louça). Sentam-se, um em cada sofá e continuam no mesmo tom do almoço, mas já em andamento mais lento.

São quatro horas, estão esvaziadas em cima da mesinha as últimas quatro garrafas de vinho, cinco de cerveja e uma de cachaça. Clifford disfarça um bocejo, com os olhos quase lacrimejantes. Paulinho não. Paulinho pega o violão e começa de novo o ritual de acordes. Horácio diz em tom destoante:

— Bill, agora, sem brincadeira, eu acho que você deveria moderar a bebida...

— Ah! Horácio, não estraga a festa!

Paulinho silencia o violão. Horácio continua:

— Lembra daquela noite, quando você saiu para ir ao banheiro e voltou de cuecas? Você estava tão alto que nem percebeu que deixou as calças lá? Paulinho, você precisava ver: eles estavam ali, naquela parte da sala, naquelas poltronas de couro bordô (lembra delas?), estavam ali seu pai, o doutor Barcellos e ele. Era uma meia-noite. Os três estavam bebendo desde as oito. O Bill disse: "vou ao banheiro". Eu vi isso, estava recolhendo uns copos. Fui para a cozinha e fiquei por lá uns quinze, vinte minutos, meia hora, não sei... Quando voltei, seu pai e o doutor Barcellos estavam rindo muito. O Bill estava no meio da sala de cuecas. Seu pai dizia: "Bill, você está de cuecas!" E o Bill, com cara de tonto, mais vermelho do que agora, ficou um tempo sem saber o que fazer e depois saiu correndo, buscar as calças. Seu pai ria muito: "Esse inglês é um pândego". E o Barcellos dizia: "Será que está com dor de barriga? Demorou tanto para voltar!"

Clifford fica sério, encosta-se mais no espaldar do sofá, afunda o queixo no peito, franze os lábios e cala-se.

Parece cansado, com vontade de dormir. Horácio para de falar, levanta-se e sai. Paulinho continua dedilhando o violão.

Finalmente Clifford está só com Thereza. Ela toca piano a tarde toda, até o começo da noite, quando Mourão volta. Muito tempo ficaram sozinhos os dois. Ela tocou várias peças, uma delas duas vezes. Chopin, um noturno, dizia. "Adoro isto". Como era mesmo? Ele ali, sentado, ao lado… fascinado pelos dedos quase sem unhas sobre as teclas… adivinhando, debaixo do vestido de seda estampada, as pernas que moldavam a saia… olhando o pé direito subir e descer no pedal. O perfume convidava a mergulhar entre os seios dela. Depois do jantar, ela subiu, os três homens ficaram na sala. Aí foi a vontade de ir ao banheiro. Lá, a tentação de subir as escadas. Subiu, foi até o quarto dela, a porta estava encostada. Abriu devagar, só uma fresta. Thereza estava deitada. Ele poderia ter dado meia-volta, mas não deu. Avançou devagar e se deitou ao lado dela. Ela se voltou, deu com ele na cama, arregalou os olhos, abriu a boca, ele a abraçou, ela relutou e houve um louco entrevero, um encontro de lábios, um desencontro de pernas, um arquejo pujante, gemidos, rendição e, para ele, um gozo rápido e imenso, uma eternidade despejada num cálice. Caiu para o lado e, num instante de repouso, olhou o rosto de Thereza: olhos fechados, ofegante, silenciosa. Só aí a consciência da gravidade do ato. Pensou no amigo Mourão, lá na sala. Percebeu a porta entreaberta. Só um bêbado podia ser tão louco. Levantou-se, vestiu as cuecas e saiu. Apareceu na sala perdido, desarvorado, achando-se natural, quando o amigo apontou para ele, rindo, dizendo: "Clifford, você está de cuecas!" E ele ficou lá, sem saber o que fazer. Com aquele calor, não tinha sentido falta de roupa. Precisava voltar ao quarto, pegar as calças. E se Horácio o visse subindo as escadas? Mas Horácio riu discreto e começou a limpar os cinzeiros. Então Clifford voltou, enveredou pela saleta e, quando teve certeza de que não era avistado, subiu as escadas, correu até o quarto. A porta estava fechada. Bateu. Thereza não abriu. Sem saber o que fazer, desceu de novo, entrou no banheiro, para se esconder e pensar. A calça lá estava, sobre o sanitário fechado. Suspirou de alívio, agradeceu Thereza em pensamento, vestiu-se e voltou para a sala sem nada dizer. Os dois, vendo-o, começaram a rir de novo. Depois daquilo, só voltou àquela casa para se despedir. Estava de partida.

Abre os olhos. Horácio não está, Paulinho improvisa. Ou discorre? As relações sociais e artísticas... como no século XIX... público continua romântico... modernismo... inútil... – pretendo musicar, escute isto... mesmo quando está mudo... A voz do moço se perde, some e ressurge, como ondas de rádio. O que eu gosto de fazer ninguém nunca vai ouvir... Clifford tem sono. Thereza ofega ao seu lado... não agrada os intelectuais nem o povo... fundo surreal... forma popular... Clifford, de cuecas, abre a porta do banheiro... gosta de duas coisas: do romântico e do cômico... quem vai ouvir?... quem vai ouvir?... quem vai ouvir?... Thereza lhe pede socorro afogada no lago dos fundos...

O queixo do inglês se dependura no sono... um ronco. Paulinho encosta o violão na parede e sobe.

Quando Clifford acorda, é noite. A sala está muda, penumbrosa. Pela janela, a luz gorda de uma lua cheia paira em fundo azul-marinho como bloco de gelo em oceano e rebrilha nas garrafas da mesa. O carro do consulado não passou! Por que ninguém me chamou? Encostado à parede, o violão de Paulinho. Clifford tem frio. Levanta-se e veste o capote. Sentindo uma canseira enorme, senta-se de novo. Fica ali, pensando no que fazer para ir embora. Um torpor estranho toma conta do seu corpo, seus olhos se fecham, ele dorme novamente. Sonha que sonha. Sonhando, tateia as paredes da sala em busca de um interruptor. Acha, mas nenhuma luz se acende. Olha o teto: não há lâmpadas. Chega-se à janela e no clarão da lua olha o relógio: quinze para as sete. Arrepende-se, de um arrependimento intransitivo, molesto, que martela as horas insones. Onde estaria Horácio? Paulinho cantava. Nos seus ouvidos de dentro Paulinho canta um noturno de Chopin. Clifford sonha que acordou e vê a partitura. O pé de Thereza sobe e desce, ele vê o pé, ele vê a mão esquerda indo e vindo em ondas, o teclado-mar, a partitura, ♫♫♫ , dois seios, subindo, descendo, na pulsação de dois suspiros...

Abre os olhos, o escrito some, fica o som. Fica. Vem de trás do sofá. Persiste, audível, concreto, cobrando-lhe a gentileza de não dar as costas. Ele se levanta e olha para trás: o piano. Thereza toca. No canto da sala, por trás do instrumento, seus dedos sem unhas devem estar correndo as ondas do teclado; por baixo do piano o pé direito sobe e desce as montanhas dos seus suspiros. Ornamentos leves, melodia simples – a voz dela soava naquela tarde. No peito de Clifford, um torniquete. Thereza está ali, tocando, perfumada. Clifford não consegue sair do lugar, encostado à porta do corredor, olhos arregalados, mergulhados na música que continua. Thereza toca sem levantar os olhos para ele. Então ele fecha os olhos, volta-lhe a partitura: caminho de cima suave, caminho de baixo subindo, descendo... Então o caminho de cima resolve subir até as nuvens, ♪, ele vê, se lembra: acorde de si! Mas dessa vez o acorde bate como um soco no estômago, e Clifford se mete corredor adentro, tateando pela escuridão, descendo aos trambolhões os quatro degraus da antiga sala de jantar, passando pela cozinha, saindo da casa e indo para os fundos, à procura de Horácio.

A música some do ar, mas não de seu cérebro. Fugindo, dá com a porta do quarto de Horácio. Empurra: o amigo dorme. Melhor não chamar. Clifford ofega. Precisa ir embora. Sente-se de cuecas. Olha para as pernas, vê as calças, capote abaixo. Contorna a casa pelo corredor da esquerda. O ar livre, afinal. Mas os sons do trânsito não lhe chegam aos ouvidos. O que chega é ainda e sempre Chopin, pela janela da sala. Clifford para. Resolve deixar de resistir, está condenado a ouvir aquele noturno para sempre. Cansado, encosta-se a uma árvore e olha para cima. Recortando o céu límpido, estrelado, vê a sacada do quarto de Mourão, e Mourão nela, acenando. Clifford foge. Foge uma fuga atabalhoada, de poucos passos, porque logo tropeça na platibanda do tanque e vai bater a testa em cheio na boca do cântaro. Sente uma dor aguda, solta um gemido surdo, a vista escurece e a melodia some do ar para se engolfar surda no seu cérebro e existir eternamente sem ser ouvida. A ninfa vê Clifford cair de borco no tanque e morrer afogado em trinta centímetros de água.

4

Venho de limpar a maquiagem.
Venho de chegar.
Venho de deitar a expressão ralo abaixo.

Como é mesmo que se escreve paralisia?

Sou da geração borrada
do calendário.
Escrevinho como um sábio amnésico.

PORPHYRIA

Amiga, já te conheço tanto e tantos anos faz e ainda não te contei o sumo da minha vida. Porque toda vida tem um sumo, aquele que se esconde nos nossos gomos mais secretos e às vezes resseca, fossilizado, e não há espremedura que o arranque. Nunca tomamos conhaque tão bom. Tomamos agora. Tenho perdurado inconfessa. Confesso agora que estão gelados os meus pés. Alcoolicamente gelados, como um queixo. A tarde é fria, a poltrona, quente. Hoje ainda é quinta, sem nenhuma alforria. Aqui estou, razão suficiente para ficar, mas sinto ganas de me espirrar vasta janela afora, sobre os inermes carros da avenida, dez andares abaixo, e estragar a novela das seis desse povo. Que seria da classe média sem ela? Eu vomitaria conhaque por cima de São Paulo, não fosse ele tão bom, quero dizer, o conhaque, e não fizesse tanto frio, que perco a coragem de abrir os vidros. O que temos em comum, esse povo e eu, é ser hoje quinta para todos, a mesma quinta diferente para cada um.

Me perdi de loucuras numa tarde diferente, quente, quando minha dor porejava. Nada de queixas, de estupor, de arrazoados. Eu era dor pura e tão densa, que forcejava ela sair por meus poros. Por fora, buscava emprego depois de um abandono, como se procurar empregos depois de abandonos fosse força de lei. Me achei numa loja de tecidos, que então existiam.

Lembro agora do tempão que não nos vemos. Um dia, cara, de cuba-libre na mão, um bocadinho tonta, eu te disse "ainda vou escrever a história desta nossa geração". Não escrevi então no presente, escrevo agora no passado.

O nome dele era Jonas. Nos conhecemos num ponto de ônibus. Sou das pessoas que trilham o destino apalpando, cheirando, sem plano. O vulto ao lado fez minha cabeça virar. Antes de olhar, reconheci o macho, eu, mulher das cavernas, que fareja sem órgão nem sentido. Só não rastejo para não espantar a civilização. Em compensação, porejo e, como Clarice, me doo.

Pouca gente sabe que meu nome é Porphyria. P-o-r-p-h-y-r-i-a, não P-o-r-f-í-r-i-a. Ideia de pai, que apareceu no cartório, com um papelucho em punho, dizendo minha filha vai ser chamada com o nome da avó, tal como escrito por ela: com p, h, y. O escrevente copiou o nome, imagino a aplicação do coitado, já tão esquecidinho de como se costuma fazer soar um ph. Parece que estou vendo. Phy sem acento, que este é pura invenção de quem quer facilitar complicando. Vai daí que, não enxergando o acento, que existe mas não está, muitos me chamam de porfiria, nome de doença, não de avó. Mas meu nome é Porphýria, que repito e repito para acreditar. Por isso me chamam de Qüin.

Vai aí a primeira gota do sumo.
A segunda vem agora.
Na noite do nosso conhecimento era o frio de hoje. Já no ônibus, o aconchego, umas palavras mansas nas mangas do vestido, no balaústre: tremor de ventres. Já no ônibus, o desejo. Não fosse o frio, eu ia até a janela chorar um pouquinho.

Então, abandonada, arranjei emprego numa loja de tecidos.

Aquela convivência com o pessoal da faculdade... Guerrilheiras. Com armas umas, sem armas outras, mulheres da pesada, nos achávamos. Fim das ilusões, ficou o choque de não ter a quem ensinar filosofia. Universidade proletária! A gente acreditou. Não fosse o fim antes do final, estaríamos no poder. Poder! Conclusão: fui ser balconista em loja de pano. Fazendas: as que devem ser feitas. Divago.

É barra. Ser proletária não tem graça, minha irmã. Não tem poesia, não tem ideologia, não tem porra nenhuma. Tem vexame em cima de vexame. E é muito pior para quem sabe que não é proletária, mas acha que devia ser. Por uma questão de princípio. Porque aí vem o peso na consciência: puxa, eu devia vibrar de orgulho, ser impelida por um ânimo heroico, mas, que nada, estou mesmo é me sentindo uma merda, estou me sentindo como os outros me sentem, e morrendo de vontade de pular fora desta, de subir na vida, como qualquer idiota. Você vira proleta e se aliena. Não tem outra. E ainda por cima é abandonada pelos burguesinhos que te aliciaram. Você, que não tem pai influente para limpar tua barra.

Mas esse papo já caiu de moda. O meu mal é viver como ontem, como nossos pais.

No primeiro dia de emprego eu ainda trazia em mim aquele homem infame. Doendo tanto, que precisava mesmo chorar, porque só porejar o suor do trabalho não bastava para me lavar da malignidade do abandono. Foi aí que chegou uma mulher e pediu cambraia.

Uma noite – ele ainda achava que meu nome era Qüin – fiquei esperando, ele não veio. Era um ensaio de abandono, que tudo na vida é repetição de algum ensaio que a gente esqueceu que virá. Farejei a natureza daquela angústia, por um vão da janela. A ladeira estava como sempre: solitária e tortuosa. Pena: só se enxergava o inexistente até a primeira curva, e o resto era pura imaginação de passos, de entes subindo. Só na curva, a materialização... quando havia. Quando não havia, era o desmaio da espera. O chão estava úmido, chão de semiterra, semiareia, semiasfalto, à espera de pegadas.

Ninguém.

Jonas sempre falou pouco. Odiava dizer mulher e filhos que tinha. Farejei fora o espaço que me faltava dentro. Saí na noite quente e úmida a trilhar na contramão os passos que estariam lá, tivesse ele vindo. O bairro estava vazio das almas de que sempre anda cheio. De viva, só uma árvore, que abracei por longo tempo, chorando pieguices de envergonhar.

Daí a mulher chegou pedindo cambraia. Eu, abandonada, lacrimejando suor, atendi. Consta que peguei morim. Aí ela disse que cambraia não é morim. Achei óbvio, por isso não entendi. Dizia que cambraia era para as camisinhas do neto, e que morim era para fraldas, mas que o neto não usava mais fraldas, de tão engraçadinho. Eu não achava a cambraia. Ela ficou nervosa, que tinha pressa. Meus olhos, secos, como só são capazes os olhos espantados, buscavam entender. Buscavam a cambraia. E nada enxergavam. Até que fui chamada de incompetente. E o dono da loja foi chamado. Foi só então que meus olhos porejaram lágrimas. Infindas.

O dono chegou, sorriu, estendeu a cambraia com gestos de monge lúbrico. Abriu os braços, disse que eu era novata, que ela desculpasse. Me mandou para o fundo, eu fui. Ele ficou elogiando o estampado do vestido da mulher.

Lá no fundo enxuguei as lágrimas. Quando ele chegou, para isso, já não tinha o que fazer, e, na falta de uma causa nobre, ficou tentando adivinhar minhas coxas por debaixo da roupa.

Paixão é substantivo feminino.

Sem outro jeito.

Jonas falava pouco. Materializava-se na curva da ladeira, e pronto. Vinha devagar, sabedor da minha presença atrás da porta, permitindo o clima já sem roupa. A porta, que se abria mansa, dava para meus braços escancarados. A primeira frase só saía muito depois: pega aquele travesseiro, ou põe a cabeça no meu peito, ou como é bom estar aqui, ou...

Eu passaria anos olhando aquele corpo.

O dono da loja me fez sua amante das terças e quintas. Cumpri. Pedia beijos, eu dava, pedia que lhe sugasse o sexo, eu sugava, sugava, sugava e era sugada. Punha-lhe as meias quando se ia. E quando chegava, já era esperado pelo uísque: um dedo, sem gelo. Cumpri, muda, o que era esperado. Logo ganhei casa. Depois marido, ele mesmo. Porque se enrabichou.

Terceira gota.

Ontem choveu demais, não? Me escondi debaixo de uma marquise. Mais um pouco de conhaque. Assim está bom, obrigada. Estava esperando a chuva passar, um vulto ao lado fez minha cabeça virar. Antes de olhar, reconheci o nome, eu, a das cavernas, já te disse. Jonas, o engolido, era regurgitado debaixo de uma marquise. Não me viu logo. Tive tempo de acalmar o acelerado do coração, ali de costas para ele, pensando se não era melhor sair debaixo de chuva. Daí a pouco chegou sorrindo. Veio vindo, com fala mansa, dizendo está mais bonita, mais madura, escorregando o olho de vaselina pelo meu decote. Eu tinha vontade de gritar por onde andou esse tempo todo, seu desgraçado? Mas fiquei quieta, não ia dar uma de rampeira. Só olhava com ódio. Que ódio! Aí ele me convidou para uma cerveja. Esperamos a chuva parar, ali debaixo da marquise, dizendo bobagens um ao outro. Me contou a vida, falou mal da mulher, que o casamento ia mal, que ele merecia uma segunda chance, afinal todos erram. Mentiu. Mentimos tão bem. Elogiei o meu marido, que o casamento ia às mil maravilhas. Nem me ouvia. Declarou que nada daquilo tinha importância, que me queria de volta, eu que ficasse com marido, casa e ele.

Não respondi. Gargalho agora.

Até hoje não respondi. Era por ele que eu teria dado a vida. Vim aqui pensar nessas coisas, ajudada por você e por duas taças de conhaque. Não tomei a cerveja. Nem dormi, sentindo a noite inteira cheiro de tripas, da carne podre debaixo da terra.

O que vou fazer? O que tenho feito. Perdurar como Porphyria, desde que Qüin morreu. Porejando volta e meia aqui ou lá. Sendo mulher onde mora um homem que se mudou.

3

O não
   e o contranão
dialeticamente
na vida
de tal forma
que não é dado viver.

O MAJOR

　　Ele estava me esperando no portão do prédio, quero dizer, o carro dele estava estacionado em frente ao portão do prédio, e ele dentro, esperando minha saída. Quando desceu do carro e me abordou, demorei um tempinho para reconhecer, não muito. Deve estar pela casa dos setenta. Sendo sujeito de traços rijos, como é, ficou aquela parecença básica que não engana. As pessoas de traços frouxos logo perdem a própria cara e ganham a de todos os velhos, cara impessoal, como camiseta branca. Ele, não. Ele é dos que podem ser reconhecidos mesmo depois de quarenta anos. Por isso, quando me perguntou "Lembra de mim?", eu já estava começando a sentir aquele mal-estar que sempre sinto quando alguma coisa me lembra o DOPS.

　　Não é minha intenção contar o que passei lá, não. Porque contar é recontar, e não estou a fim de reviver aquilo. Toda história só lê quem pode dela mungir algum deleite. Quem não pode, suspende a leitura. Toda história é feita de duas histórias: a que as letras contam e a que as letras escondem. Ainda não consegui contar tal história mostrando somente a parte escondida, a que se pode mungir das letras, sem escancarar a outra ao sadismo alheio. Logo, é por pura incompetência que não a conto. Não querendo dar aos sádicos o prazer de babar sobre minhas letras, me calo.

Ficam tais coisas como lembranças, e lembrança é imagem escondida; quando se mostra, deixa de ser lembrança e passa a ser história. Quando se nega, encafua-se vaporosa em buracos da alma para brotar feito geyser em horas certas. Aí a dor reencarna, e a gente odeia de morte o desgraçado que atirou nossos sonhos numa fossa negra. O que mais afunda na merda é a crença na espécie humana.

Fazia um mês que eu estava no DOPS, fui tirado da cela, posto num camburão e levado não sei para onde. Sei que a viatura entrou na garagem de um prédio, me fizeram subir por um elevador e quando dei conta de mim estava numa sala arejada, ensolarada. Fazia um mês que não via sol. Era uma sala, para meu espanto, não uma cela. Sala imensa, mas eu, longe das janelas, não percebia bem onde ficava o prédio. O andar era alto, aonde só chegava um barulho manso de trânsito. Não era bem o centro da cidade, mas perto.

Ele estava sentado atrás da mesa. Na época, major. Quem me levou lá mandou sentar na frente dele e saiu. Assim que ficamos sozinhos, ele me ofereceu cigarro. Não aceitei. Insistiu. Peguei. No começo resisti porque estava tremendo de fraqueza. Botar um cigarro na boca com mão trêmula, na frente daquele sujeito, ia ser o cúmulo da desmoralização. Mas depois pensei bem: não tinha mais o que perder e durava já um mês a abstinência. Ele estendeu a mão com o isqueiro aceso, perguntando, sem mais nem menos:

– Já leu a *Mandrágora*?

Respondi que não, achando que aquele era um milico metido a besta, que queria aparecer. Ele disse que era pena, talvez me arranjasse o livro, coisa e tal… e começou a contar a história. Então, para encurtar conversa, eu disse que tinha visto o filme. Ele disse um ótimo, abriu a gaveta e puxou de lá uns papéis que eu entendi serem a minha ficha. Começou a ler: qualificação, nome de pai, mãe etc., tudo perguntando "Confere?". Eu fazia que sim. Não sabia por que mostrava tanto interesse em minha família:

– Seu pai é filho de alemão.

– É.

– E a mãe filha de italianos.

– Neta.

E ia falando, falando. Eu ouvia desconfiado, tentando exorcizar a tontura que o desejado cigarro me dava. Largou a papelada, olhou para mim e disse:

– Você está ferrado. Por uma besteira. Acoitou terrorista. Eu sei que entrou nessa sem querer, que é inocente. Se eu não achasse isso, você não estava aqui agora. Sei que duas vezes por semana você dormia na casa de uma moça chamada… deixa ver… Flora. Dois andares acima do seu, confere? Dormia é modo de dizer (sorriu). Ia lá principalmente quando o seu amigo dizia que queria ficar sozinho no apartamento. Você achando que era para ele levar mulher, mas não… era para coisa bem diferente, atividade subversiva da grossa. Sei que naquela manhã você desceu do andar de cima com os sapatos na mão – como sempre descia para não fazer barulho –, esperando cair nos braços de Morfeu, porque não tinha dormido a noite toda, mas caiu mesmo foi nos braços das forças da lei... Estou sabendo de tudo. E você sabe o que encontraram lá. Mas sabe só agora, porque antes era um ingênuo, um otário. Por isso caiu. Caiu de besta. E agora não sabe como provar que focinho de porco não é tomada.

Aquela era a história que eu tinha contado. E ninguém tinha acreditado. Mas eu não atinava com a dele, porque nunca fui de reflexos muito rápidos, de pegar intenções no ar, resolver problemas de cabeça, matar charadas etc. Ou talvez fosse a tontura, que aumentava a cada tragada, tamanha era a minha fraqueza. Até que, com muita pena, esmaguei no cinzeiro a ponta da guimba ainda pela metade.

Ele me mandou ficar em pé. Eu fiquei... como pude... Tinha dores por todo o corpo, as plantas dos pés queimadas, o joelho esquerdo inchado e bambeando, a virilha em carne viva, uma raiva desgraçada, um vexame infinito. Ele me olhou de alto a baixo e me mandou sentar de novo.

Lá na calçada, o olhar dele era mais manso, quase sofrido:

– Vim te procurar porque tem gente precisando de você. Questão de vida ou morte.

– Quem?

Ele encostou no carro, cruzou os braços, desviou o olhar e disse:

– Nasceu um menino.

Respondi irritado:

– Cara, faz mais de trinta anos!

– É... Fiz tudo como combinado. Não fiz? Entra aí no carro.

E abriu a porta.

— Para quê? — perguntei, sempre de pé, na calçada. Ele, com a porta aberta, disse que no caminho falaria. Eu respondi que não entrava, que o tempo das ordens dele já tinha passado. Ele disse que não estava dando ordens, mas sim fazendo um pedido. Eu respondi que ele não sabia pedir, só mandar. Aí ele pediu desculpas. Mesmo assim, resolvi dar o fora. Quando comecei a andar pela calçada em sentido inverso ao do carro, ele quase gritou:

— Transplante de medula.

Parei e perguntei:

— Como transplante de medula?

— Você pode ser compatível. Ele está precisando. Questão de vida ou morte.

— E a mãe?

Ele puxou um cigarro e acendeu com mão trêmula. Soltando a primeira baforada, disse "morreu". Na primeira sílaba a fumaça desceu retraída e esgarçada pelo queixo; na segunda, ganhou robustez, mas só se encorpou mesmo no suspiro comprido que ele deu quando acabou de dizer a palavra. Partitura vaporosa de uma nênia. Vendo toda aquela fumaça, tive vontade de fumar. Dei as costas, mas fiquei ali plantado. Já fazia vinte anos que tinha largado o cigarro, parecia que era ontem.

Ontem mesmo ele, major, estava sentado atrás da mesa, matraqueando. Voltava à *Mandrágora*, eu tinha até esquecido. Dizia que naquela história o marido tinha sido corneado, sacaneado, coitado, um tonto... mas história é coisa que só se repete para idiota, porque toda história é contada justamente para não ser repetida. Até que pareceu estar chegando ao foco:

— Vou lhe fazer uma proposta. Se você cumprir direitinho, está livre. Mexo os pauzinhos, você sai do país.

— Não quero sair do país.

— Se não aceitar, volta para o DOPS, e tudo continua como agora, sabe-se lá até quando. Quer voltar?

— Qual é a jogada, afinal?

Ele abaixou a voz e olhou para a porta. Olhei também, estava fechada.

— Sou casado, tenho dois filhos adotivos. Minha mulher é muito compreensiva... Quem não pode ter filhos sou eu. Disso a gente já sabia antes de casar. Ela topou adotar. Acontece que tenho aí um... uma... uma outra... uma relação estável, que está comigo faz tempo. De uns meses pra cá apareceu com uma conversa estranha, coisa de querer ter filho de qualquer jeito, já passou dos trinta, essas coisas. Ela sabe que eu não posso. Propus adoção, ela não quer. Diz que quer se completar como mulher, besteiras desse tipo. Eu acho bobagem, uma tremenda bobagem, mas mulher é um bicho estranho, eu não consigo tirar essa ideia da cabeça dela. Resumo: do jeito como as coisas vão, qualquer hora ela tenta recomeçar a vida... com alguém que possa lhe dar um filho.

Pigarreou, acendeu um cigarro.

— Você deve estar achando que eu sou um besta... mas não consigo viver sem ela. Se estou contando isso é porque...

Deve ter achado que ia fraquejando porque, de repente, se empertigou e mudou de tom, ou melhor, de voz:

— Não sou besta, não. Porque te dizendo essas coisas eu te comprometo. Se você não topar a minha proposta é arquivo morto.

Comecei a achar que ele era louco e fiquei com medo. Já tinha aguentado tortura física, só me faltava uma guerra psicológica. Me levantei, queria sair dali. Fui até a porta, virei a maçaneta: fechada. Ele olhava quieto de trás da mesa. Comecei então a falar depressa, dizer que não queria saber daquele papo, que boa coisa ele não haveria de estar querendo, me exaltei mesmo. Ele me interrompeu gritando:

– Senta aí!

Sentei, ou melhor, desmoronei de tontura. Então ele soltou no mesmo tom imperioso do "senta aí":

– Você vai fazer esse filho nela.

– Quê?

– Isso mesmo que eu disse.

E me olhava com uma ruga funda na testa, me olhava com ódio, rancor quase.

Olhei para ele na calçada: continuava encostado no carro, metade do cigarro enfiado entre o indicador e o médio da mão direita. Eu me negava a ir do ódio ao dó.

– Vou pensar.

Saí andando. Uma e quinze, eu já deveria estar na escola.

Depois que aceitei a proposta, passei quase um mês em local desconhecido. Lá comia, bebia e dormia como qualquer filho de Deus. Mas continuava preso. Não sabia onde estava e não podia sair. Ele ia me ver umas duas vezes por semana. O dono da casa era um sujeito calado, milico também. O major tinha deixado claro que eu ia ficar lá para me fortalecer e esperar o dia da ovulação. Tudo controlado por um médico. Até que finalmente chegou o dia, quando cumpri o combinado. E, também conforme combinado, o major me fez embarcar em Manaus, com passaporte, dólares e roupa. Destino final, Paris. Ainda em São Paulo, no dia da entrega dos dólares e dos documentos, ele disse:

– A minha intenção era esperar o resultado da coisa e tentar de novo, caso não desse certo. Mas não vou passar por isso outra vez. Se não der certo, ela que faça o que quiser. Você não me apareça mais por aqui, nunca mais, está entendendo?

Parti não querendo voltar. Mas voltei, nem acredito. Que raiz poderosa prende os seres medíocres a um pedaço de chão? Para a minha geração, nacionalismo era palavra riscada do dicionário, raiz inconfessável. Nós a racionalizávamos, o que não deixa de ser coerente, pelo menos com o étimo. Havia na minha geração um senso de missão que também não era chamado pelo nome. Éramos os sacerdotes do laico radical. Pelo menos os bem-intencionados. Esse senso de missão não foi extinto. Anda morto como o latim. E a inocência ou ingenuidade que o major me atribuiu naquela sala não passava de pura ficção. Dele, claro, que assim se justificava: não entregava seu amado torrão a um criminoso, mas a um injustiçado.

A escola ficava a umas cinco quadras de casa. Todos os dias eu fazia o trajeto a pé.

O major queria que eu deitasse com a referida mulher para gerar nela um filho que ele registraria em seu nome. Na cabeça dele, era uma *Mandrágora* racional, racionalizada, oficialização grossa e grotesca da sacanagem leve e cômica que na outra tinha acontecido por baixo das cobertas. No nosso caso, só cabe falar por baixo do pano, ou por trás do pano. Explico. Grotesca foi a forma que o major impôs ao ato. Ele ficaria na gruta, ou melhor, no quarto, mas atrás de uma cortina. O essencial ali era o ato, mas o contingente que o cercou, pela força que tinha, se essencializou. Como, aliás, quase tudo na vida. De tal modo que o contingente, ou seja, a presença dele no quarto, a existência da cortina e mais algumas coisas, tudo passou a ser essencial, tudo passou a condição *sine qua non* para a realização do ato. E aquele contingente extraordinariamente necessário quase põe a perder o próprio ato. Explico de novo.

Quando entrei no quarto, já sabia mais ou menos o que me esperava. O surreal da situação quase me fez desistir no último instante. Mas eu não tinha alternativa.

O ambiente estava totalmente escuro. Pela fresta da porta que ficou algum tempo entreaberta passava uma claridade mínima, o suficiente para eu saber que à minha frente havia uma cama de casal, com a cabeceira no outro extremo. Cama dividida ao meio por uma espécie de cortina dependurada do teto (isso eu não vi, mas já me havia sido informado): para cá da cortina, o abdome e os membros inferiores da mulher; para lá da cortina, o resto do corpo da mulher e o contingente major, a postos para tranquilizá-la, segundo disse. Quando entramos, ele me fez apalpar a cama, para me localizar, fechou a porta e foi para trás da cortina. Eu, antes de despir o necessário para cumprir a tarefa, esperei uns segundos que as formas afundadas na escuridão começassem a emergir vagas em penumbra cerrada. Então passei a mão pela superfície do colchão e toquei numa das pernas da mulher. O toque foi um verdadeiro tônico. Deslizei a mão por aquele membro macio e, num milésimo de segundo, senti a onda de calor, a aceleração cardíaca, a ereção. Mas ela dobrou o joelho, para escapar ao meu toque... "nada de bulinação" – a voz do major ecoou na minha memória. Foi o que bastou para matar o entusiasmo. Num repente, abri a porta e saí para as luzes apagadas da sala. Ele veio atrás.

– Vai amarelar?

A pergunta me irritou, mas não perdi a cabeça. Consegui responder com sinceridade, mas não sem certa dose de espertuza:

– Faça de mim o que quiser. Eu não sei dormir com mulher alheia. Você vai ficar sem seu filho, eu sem a liberdade ou sem a vida, mas não faz mal. Eu não sei fazer isso.

Na penumbra da sala, ficamos os dois parados, ele em pé, eu sentado num sofá, com os cotovelos nos joelhos, cabeça abaixada. De dentro, ouvi a voz da mulher chamando: "Bem!". O major foi até a porta e pediu que ela esperasse. Fechou devagar, veio até mim e disse:

– Eu vou até lá dentro e digo a ela que não fico lá. Vou ver se ela concorda. Se concordar, você entra sozinho. Se não, a gente vê o que faz. Sozinho você consegue?

Eu não esperava a proposta. Mas o major era homem e sabia que aquilo de mulher alheia era história. O que me atrapalhava era ele mesmo. Respondi:

– Talvez. Posso tentar.

Depois de uns minutos, voltou.

– Ela concorda. Eu fico aqui. Mas combinei que, qualquer atrevimento seu, ela grita. A cortina fica onde está.

O tempo virava de repente. Gotas de chuva, grossas como bagos, batucavam pelas marquises, nas capotas dos carros, na minha caixa craniana. A escola estava ainda a duas quadras. Parei na porta da padaria. Precisava esperar o alívio daquele rompante atmosférico. Passava agora da uma e vinte e cinco.

Quando cheguei a Paris, fui procurar uns amigos asilados. Me trataram com frieza. Boato de dedurismo tinha força de coisa julgada. Que outro motivo haveria para a minha libertação, sem mais nem menos, para a minha saída legal do país? Contei a história a um amigo mais chegado, ele me olhou cismado: Nessa ninguém vai acreditar.

Quinze dias depois parti para Berlim. Fui lá estudar geografia. Voltei anistiado, professor.

Agora ele vem me procurar. Espera que eu colabore na salvação de sua criança, criatura, cria em todas as acepções da palavra. Em mim, esse filho não tem ser. Veio ao mundo à minha revelia, fruto de uma semente extorquida. Ser que é lembrança de um coito sôfrego, com o roçar de uma cortina indecente na testa. O que você não sabe, major, é que eu levantei a cortina sufocante e me desmanchei sobre o peito dela, que a pelve dela se movimentou, e não houve grito, mas gemido abafado. Resumo: a história se repetiu. Só lamento que seja uma história obsoleta. Porque hoje a semente estaria congelada num laboratório frio, a inseminação seria feita com assepsia e sem vexame por um médico que usa máscara de verdade e opera à luz do dia, sem cortinas. Pena, major, termos por destino aqueles tempos sujos.

A chuva engrossava. Um carro de som passava berrando Michael Jackson, um catador de papel passava puxando uma carroça ensopada, um ônibus buzinava e não passava: um carro parado emperrava o ponto. Olhei para o carro. Era o major. Pelo espaço aberto do vidro do passageiro eu via os olhos sonsos, a fumaça do cigarro subindo. Ele se abaixou sobre o banco do passageiro e abriu a porta direita. Não atravessei a chuvarada, não entrei. O ônibus era corneta de Jericó sob o dilúvio. O major fechou a porta e se foi.

2

Seria uma lasca de madeira
a prender mangas de quem passa,
não fora uma faca a se esconder
entre as barbas da oração.

A ARMADA

   Licurgo Mó teve um sonho. Não dos que brotam da cabeça do sonhador, mas dos que vêm a este doutro mundo. Era um arraial invadido de luz e desertado de sons, sem canto de galo nem mugido de boi, que destes já não havia. Postado no meio da praça, peito nu, olhando o céu, sol a pino, Licurgo viu um homem de túnica branca, ondulante, não por força do vento, mas da muita luz. O homem era um indicador voltado para um caminho pedregoso e perfilado em túnel de arvoredo vicejante. Licurgo acordou com o coração a lhe arrombar a porta do peito. Conhecia o homem de um não-lugar e um não-tempo desesperançado. Acordado, cismou um dia inteiro, devassando as tocas da memória e, quando o sol se punha por trás dos muros de defesa, lembrou-se. Chamou Cristóvão, primo fiel, e lhe disse:
   – Tive um sonho.

Cristóvão não perguntou qual. E por que um sonho de Licurgo seria assunto tão importante para afastá-lo das lides da guerra, do esforço escabroso de construir estacadas que resistissem aos holandeses?

– Estava num arraial deserto e silencioso... – continuava Licurgo.

– Já estariam mortos todos à tua volta... – resposta desabrida de Cristóvão, dada com os olhos postos na porta de saída, de onde via dois peões no afã de carregar três toras.

A voz de Licurgo, então, de enlevada se tornou trêmula, em parte diluída na descrença do primo, em parte movida pelo sismo da ira. Assim mesmo, continuou:

– Era um arraial iluminado...

Mas o primo atalhou irritado:

– Enquanto sonhas, a vigília é pesadelo. Não estão nos teus sonhos os nossos soldados desnudos, a fome que nos ronda? Não estão nele as cavas e trincheiras em que me esfalfo, a mando teu, para um assédio que esperamos inertes? E de que servirão as estacadas, senão para esconder nossa vergonha aos holandeses até que chegue o dia em que esta fortaleza nos sirva de túmulo?

– Não te chamei para pedir-te o parecer, que bem conheço. Desiste. Não me venhas com discursos. Eu não me rendo. Resumo. Preciso aqui de um homem e tu mo trarás.

– Que homem?

– Um santo.

Cristóvão abaixou a cabeça e não se moveu. Licurgo gritou:

– E não me digas que por desespero já não governo pela razão, mas pelo desvario. Que estou tomado de furor e mania.

– Tu o disseste. Escuta, há meses a disputa por farinha, cana e peixe seco consome o ânimo dos soldados em vez de sustentá-lo...
– De tudo isso sei eu. Mas a armada d'El-Rei há de chegar... (Cristóvão deitou a cabeça para trás num gesto de descrença)... só esse homem há de me dizer quando aqui chega a armada, pondo os holandeses entre nosso fogo e a chuva de granadas e pelouros que da praia há de vir. Busco a previsão, para melhor me regrar.
O primo não respondeu. Licurgo então perguntou:
– Que te diziam ontem os comandados de Joaquim? Por que te rodearam na praça?
Cristóvão, solene e cabisbaixo, quase murmurando, respondeu:
– Que impedes a saída das companhias de emboscada para que ninguém se bandeie, que aqui se morrerá à míngua se houver assédio, que não haverá de chegar armada alguma, que estamos irresolutos...
E mais não disse, porque o olhar do outro lhe dava a medida da fúria que desabaria. Mas não desabou, nem prudente seria naquele momento, pois aquele de quem se espera favor deve ser tratado com tato. Favor, talvez sacrifício. Licurgo amainou a borrasca e disse, dando de repiquete:
– Às margens do ribeirão que desce entre os morros das partes do sul e a campina, numa choupana que ostenta à porta uma cruz de bronze, mora um santo. Quero na fortaleza esse homem.
E sem esperar resposta do primo, já traçava caminhos e rotas ocultas aos olhares do inimigo. E, enquanto os traçava, lia, fingindo não ler, a incerteza nos olhos desvidrados do outro. Quando terminou, arrematou, largando a pena:

– Sonhei também que decapitei covardes.

Cristóvão apanhou o chapéu, as armas que tinha e se foi.

Na semana que durou a ausência, Licurgo mandou construir perto da praça um reduto circular de pau a pique, cercado de densa tranqueira de espinhos. Ali ficaria o santo e dele ninguém se aproximaria. Não havia janelas, e pela única porta entraria só Licurgo Mó, levando a cuia da ração diária. O santo não veria outro rosto humano, não ouviria falares, não saberia de batalhas, nem veria nada além do que lhe revelassem os parcos metros do circuito de galharada cerrada.

Quando Cristóvão regressou à fortaleza certa noite alta, trazia pela rédea um jumento descarnado e, sobre ele, um velho esquálido e ressequido, enrolado em aniagem. Levado o velho ao recinto que lhe cabia, só na manhã seguinte recebeu a visita de Licurgo, que em silêncio lhe entregou a cuia e uma cabaça de leite de cabra, enquanto conjecturava se poderia ser aquele mesmo o homem do sonho. Na falta da túnica branca, impossível lhe parecia a certeza. Então disse ao velho que aquele era seu último pasto até o fim do dia seguinte, quando as estrelas da tarde se abrissem no céu, anunciando a escuridão. Que ele meditasse e lhe dissesse então quando e como seria possível virar o sentido das coisas e pôr do avesso o revés.

Lá fora, recomendou que ao santo homem fosse levada a alva mais alva que nos arredores se achasse.

No dia seguinte, ao cair da noite, Licurgo voltou. O homem estava deitado de bruços, braços abertos, cruz branca sobre pardo fundo de chão. Não se mexeu enquanto Licurgo não perguntou:

– Quero saber, santo, quando aporta a armada d'El-Rei, pois dela dependo para a ação.

A cabeça do velho se ergueu, carregando atrás de si o resto do corpo. O rosto quem revelou foi a claridade da tocha que Licurgo trazia. Nem a alva que se destacava sob os revérberos da tocha lhe mostrava o homem do sonho. Aquele tinha a secura dos que definham no sertão, ser de vida recolhida para fora do corpo esquecido de morrer.

– Não sei de armada – dizia o rosto.

Licurgo enfiou o lume na tocheira do muro, tomando tempo de pensar. Perguntou:

– Não sabes porque não sabes ou porque não há?

– Que diferença?

A resposta de Licurgo mostra que ele não entendeu:

– A diferença entre a vida e a morte, a verdade e a mentira.

– Não existe.

Licurgo não sabia o que dizer. O homem continuou:

– Para homem como vossemecê, nestas terras, nestes tempos, não existe.

Ainda assim não se mostrou a pleno a fúria desabrida, marca de Licurgo, que optou por velar-se em ameaça:

– Não sou homem de ser escarnecido.

– Não escarneço.

– Nem de me render.

– Melhor seria.

Mas traição já era demais. Cristóvão teria passado sete dias a urdir com aquele índio faminto um plano de rendição. Não tinha trazido o homem da aparição, de porte nobre e solene, mas um mameluco esquálido, cúmplice dos holandeses. Não haveria ele, Licurgo Mó, de ser embaído.

Abria-se a boca para a pronúncia, quando o velho disse:

– Antes do amanhecer morro enforcado. Disso sei.

E assim se fez. Naquela manhã só não morreu também Cristóvão porque ficou incumbido de espalhar aos quatro ventos que o velho morria por aconselhar a rendição antes que a armada d'El-Rei chegasse.

Enforcado o velho, Licurgo chamou um de seus mais bravos homens e o incumbiu da mesma missão: trazer o santo à fortaleza. Traçou caminhos e rotas, o homem pegou as armas que tinha e se foi.

Quinze dias se passaram desde sua partida, e, como das coisas todas só mudasse mesmo a quantidade de comida, menor a cada dia, e o número de braças que os holandeses iam avançando de arraial em arraial, pode-se dizer que em nada mudavam as coisas. Mudava somente a opinião de Licurgo Mó acerca do enviado, que, demorando tanto a regressar, mostrava o traidor que também era. Mas voltou ele certa noite, trazendo consigo um homem que, como o primeiro, foi levado ao reduto e convidado a meditar em jejum. No dia seguinte, ao cair da noite, Licurgo foi até lá, mas com a tocha na mão esquerda e um punhal na direita, que ele degolaria o homem se desconfiasse de traição.

O homem estava de costas. Usava um camisolão branco e limpo, que já chegara envergando.

Pouco demorou para que se voltasse. Licurgo o reconheceu. A tocha foi descansar na parede, o punhal foi posto na cintura. A voz do homem ressoou:

– Licurgo Mó não se rende.
– Nunca.

Palavra dita com o coração aos saltos.

– Só quero saber, santo, quando aporta a armada d'El-Rei, pois dela dependo para a ação.

– Melhor que esperar é obrar. Porque demora. Mas não haverias de vencer as forças inimigas com o que tens. Na margem direita do rio Grande estão acampadas as forças do capitão Romão, e entre ti e elas, o inimigo.

– Quem te disse que estão lá?

– De lá venho eu. E teu homem, o que me trouxe, também o sabe. Não to disse? Manda pelo poente uma guarnição de homens valorosos, mas não os melhores. Essa atrairá e dividirá o holandês. Assim terás ensejo de lançar pelo rio teus melhores homens, criando-se uma ponte entre ti e o capitão. O resto sabes melhor que eu. Em dez dias terás às portas da fortaleza as forças do capitão Romão e as tuas de regresso. A batalha se dará quando o sol estiver a pino.

Foi o que bastou. Licurgo, saindo, escolheu pessoalmente os homens que comporiam as duas tropas – a do poente, comandada por Joaquim Fragoso, e a do sul, por Pedro Fernandes – e traçou estratagemas.

Muitos dias se apagaram sem notícias; na noite do décimo, depois de passar em revista as sentinelas, Licurgo rumou enraivecido até o reduto e lá ameaçou de morte o santo, se porventura o prometido reforço não chegasse. Ouviu dele:

– Há uma semana não se vê o sol a pino, pois tem chovido, como sabes.

Licurgo retrocedeu, pronto a esperar com calma o dia amanhecer. De madrugada, ouvindo o primeiro canto do galo, lembrou-se do sonho e achou-se feliz por ainda haver galos e cantos. Olhou o céu e viu que ele clareava inteiriço, sem recortes de nuvens; naquele dia o sol se veria a pino. Bebeu uma cabaça de leite de cabra, mandou servir outra ao velho e pouco antes do meio-dia foi postar-se no centro da praça, de onde em sonho tinha enxergado a trilha pedregosa. Pouco esperou e já se fazia ouvir um ribombar que, começando no sul, pareceu aproximar-se e ecoar pelos quatro cantos, transformando-se em algazarra, em clamor cada vez mais nítido. Era um ímpeto de batalha, um grande trovejar de homens, cavalos e artilharia que arremetia em velocidade espantosa e se aproximava rapidamente das portas da fortaleza.

Licurgo olhou o céu, o sol estava a pino. Então o velho gritou de seu reduto:

– Que esperas?

E Licurgo arremeteu.

"Abram", dizia, e corria para os portões, só para eles, só olhando para eles, e eles não se abriam. E assim correndo percorreu o espaço que o separava deles, sem olhar para cima, sem ver o que faziam seus homens, sem ouvir o que diziam, sem saber quantos o seguiam e se. Quase chegando, ao homem que se interpunha gritou que eram as forças do capitão Romão, e o homem, sem entender por que Licurgo arremetia em mangas de camisa e sem espada, imantado talvez por aquele quadro que só podia ser a tradução da paz ou da rendição, deslumbrado – quem sabe? – pela imagem do insólito, o homem abriu os portões, e por estes, escancarados, desaguou uma torrente de holandeses e índios, dois dos quais traziam, na ponta de duas varas, duas cabeças, a de Joaquim e a de Pedro. Foi essa a última visão de Licurgo, que sem sacar espada, sem empunhar chuço nem mosquete, caiu de braços abertos e morreu sob as patas dos cavalos.

1

Tenho um cavalo alfaraz,
Levo uma espada de luz,
Nesta garganta um vulcão,
Dois feixes de sons nas mãos
E um ventre cheio de paz...

COBRE

Esta história eu conto e dona Branca escreve. É fato acontecido comigo ano passado. Foi dona Branca quem quis escrever e porfiou até conseguir. Escrever é coisa que ela sabe fazer, eu não. Ela me disse que ia escrever tudo o que por mim fosse dito, mas sei que aí a palavra vai deixar de ser minha para ser dela. Porque escrito é palavra feita para posse dos outros. Quem escreve se apossa da sua palavra ou da alheia e entrega essa palavra a quem não conhece, que também se apossa dela. Não é assim que gosto. Palavra minha se desmancha no ar antes de alguém tomar posse. Dona Branca quer tomar posse de minha palavra. Que seja. Porque não entrego palavra minha a quem não conheço. Dona Branca eu conheço e a ela muito devo. Que faça o que quiser com palavra minha, confio.

Conto-lhe o acontecido olhando a cara dela, pois não sei falar sem olhar na cara do outro. Não poder olhar na cara do outro foi a razão da desgraça daquela noite, bem que eu sei. Dona Branca diz que não, deixei por isso mesmo. Mas todo dia penso que o acontecido só aconteceu porque eu não conseguia ver a cara do Moço.

O acontecido.

Um dia Marileide apareceu lá em casa, chamando para benzer uma fazenda de amigo seu. Sou conhecida nas cidades donde moro e mais além, pois curo com erva e benzimento, desmancho coisa-feita e malefício de pensar. Marileide se chegou de amizade a mim, agradecida que ficou porque salvei o irmão dela, já quase paralítico das pernas. Enxerguei nas terras dele, as que ele semeava antes da doença, bem debaixo dos pés dele quando andavam, o trabalho causador daquele mal. Era catimbó bem urdido por mão arrenegada, tudo encomendado por mulher largada. Foi faro certeiro. Cheguei no lugar, desenterrei as coisas todas. Boneco de pano bem montado, as duas pernas cortadas, amarradas com nó cego. Desfiz tudo com sal grosso, fogo e reza própria. O afetado saiu andando na mesma hora. A gratidão de Marileide ficou para a vida.

Pois então, apareceu ela um dia lá em casa, no seu carro azul-escuro, me chamando. O gado de fazendeiro amigo sofria de escancho, e não havia doutor que resolvesse. Fui. Lá, expliquei a ele que escancho é doença causada por cobra-rainha, que parece até uma raiz, e também por outras, que é preciso afugentar. O gado picado não tem cura, fui logo avisando, porque o escanchado fica com os quartos de trás perdidos, morte triste de se ver. Para salvar o que ainda está bom, é tratar de espantar toda cobra peçonhenta da propriedade e acabar com a infestação do piolho-de-cobra. Tinha levado o que carecia: água-benta, sal, açúcar, alho, pimenta. Porque no meio da propriedade faço uma roda bem grande e no centro dela ponho um litro de água-benta; de um lado da roda, uma pedra de sal grosso; de outro, uma xícara de açúcar; de outro, sete dentes de alho e por último, pimenta. Junto da água-benta, bem no centro, São Bento. São Bento só sai do meu altar para esse tipo de trabalho. Quando não, fica lá, bem perto de Nossa Senhora da Cabeça, que cura os doentes da mente. E de Santa Luzia, que semana retrasada salvou os olhos do Aníbal. Ele me trouxe até uma foto para pôr encostado à santinha, como agradecimento. É aquela logo ali, logo na frente.

Pois então fiz a roda, dividi tudo como manda a receita de irmão de mãe, morto mês passado, aquele que me criou e ensinou, me instruiu na ciência das ervas que curam. Das que matam sei também, mas essas nunca usei, que só faço trabalhos do bem, para a glória de Nosso Senhor Jesus Cristo. Era uma maravilha ver aquelas cobras todas se afastando, uma atrás da outra, do lugar que a gente tornou santificado. Cruzeira, jararaca, jaracuçu, coral e urutu, tudo se desenrolava e saía de mansinho, escorregando pelas trilhas que o capim deixa abrir na estação da seca. Iam como bicho de casa, acatando as ordens do seu senhor. Com um pau eu desentocava as bichas e abria o capim para mostrar o movimento delas: a gente lá no meio, e as peçonhentas, na fuga, formando os raios da roda que se abria como um centro de luz. O fazendeiro se ria satisfeito. Garanti que elas não voltavam, que o gado dele estava salvo. Sei que assim foi, pelos presentes muitos que depois recebi dele.

Ia para mais de cinco horas quando tudo se acabou. O chão já estava desenhado com as linhas pretas que cada pau, moita ou graveto deixa escapar de si quando o sol bate de banda, o ar já se amornava com a falta do seu bafo quente, e Marileide proferiu de ir embora. Montei calada a matula que tinha levado, agradecendo em pensamento, como sempre faço, irmão de mãe que dali de Palmeira dos Índios ainda velava por mim. Logo depois a gente se pôs de saída, mas não saiu, porque de nós se acercou um caboclo magrelo e baixinho que tinha ficado muito tempo assuntando os meus movimentos, agachado na raiz grande de um ceboleiro dali um pouco distante. Não vinha sozinho, e sim acompanhado por um ente que eu não tinha visto de longe e via por inteiro agora de perto. O acompanhante não era gente, quer dizer, ser deste mundo, e sim do outro, daquele mais escuro que comanda este sem se ver. Tinha até com o caboclo uma certa parecença, mais no jeito que na cara, e se via que aquilo era uma moeda só: uma face o caboclo, outra face o ente, lados diferentemente iguais que eu enxergava juntos, Um e Dois, Um+Dois, e não um de cada vez como acontece com os lados das moedas de verdade. O caboclo pediu licença ao fazendeiro para me fazer uma consulta. O fazendeiro falou que só se eu consentisse. Fiz sinal que sim e fui para um canto do terraço, ele atrás. Não sentei, nem ele, que de pé mesmo falou do seu mal, um mal teimoso na língua, e mostrou. Em carne viva, coitado, coisa que logo reconheci, tanto que pouco precisei olhar, pois não desviava mesmo era a atenção do outro, do Dois, que me mirava de cima abaixo, debochado, com cara de quem ia me impedir de chamar ali quem quer que dele não gostasse e que ele detestasse; que de lá não arredava. Então eu disse ao caboclo que só podia dar remédio para as feridas da carne, porque as da alma ele mesmo precisava curar. Ele fazia que sim

com a cabeça, nem sei se entendido ou desentendido. Receitei chá de casca de cajueiro, de romã e quixabeira, com um pouquinho de sal. Depois do chá, pedra-ume e mel rosado. E, quando ficasse bom, que me procurasse, para terminar o serviço com fel de boi e castanha-da-
-índia. Receitei tudo depressa, do jeito que não gosto, pois precisava sair de lá mais Marileide, já muito aperreada. Nem uma hora se passaria, e já haveria de ser noite.

Pois foi no caminho do regresso que se deu uma coisa estranha. A gente já tinha andado muito, mas não tinha ainda alcançado o asfalto, Marileide começou a dizer que tinha sede, sede, sede, não parava de repetir a palavra. Uma sede tão esquisita aquela, que lhe chegou de repente e tomou conta de corpo e espírito por total, não lhe dando modo de pensar em bem dirigir. Dizia que era uma sede do diabo, e que até sua alma precisava ser regada. Olhei para ela e vi seu corpo como o chão do sertão gretado por um sol perverso que é o outro lado do que agora se apagava. Falei:

— Marileide, pena que gastei toda a água-benta na fazenda, até deixei lá a garrafinha, senão vosmecê podia matar a sede com uma gotinha que fosse, pois uma gota só de água-benta é capaz de banhar a sede do corpo e do espírito.

E assim fui falando, na tenção de distrair Marileide, que não se distraía com nada, até que apareceu uma casinha na beira da estrada.

Marileide parou o carro, desceu e garrou a bater palmas, mas não adiantava, que ninguém atendia. Rodeou a casa em busca de poço. Não encontrou. Para mais adiante, onde a mata ainda não começava, não se via coisa parecida com boca de poço. Aí ela desalentou. Sentou num banquinho e com os olhinhos desinquietos ficou buscando, buscando laranjeira, limoeiro que fosse, capaz de lhe socorrer. Até em poça suja ela haveria de emborcar, mas poça não se encontrava, pois era tempo de estiagem. Falei em voltar. Ela não queria, a gente já tinha andado muito, ela não ia aguentar a sede. Fiquei lá também, pensando, e pensando lembrei que mais embaixo haveria de passar o rio, vindo dos lados da fazenda, com a curva acolá...

Nem terminei de lembrar, Marileide se levantou de pulo, subiu no carro, eu montei também, e ela começou a descer uma ribanceirinha de pedrisco cheia de murundum, pelo lado do terreiro, caminho que a gente achava que ia dar na água lá embaixo. Mas não andou quase nadinha, logo surgiu um moço. Vinha ele de arma na mão. Apareceu do meio do mato e num triz já estava de pé na frente do carro, de supetão sem mais nem menos, apontando e mandando parar e apear. Marileide, assustada, parou o carro e ficou rija, sem dar pio. Eu, no entanto, já logo fui descendo e dizendo que a gente era de paz e estava lá em nome de Nosso Senhor só por mor de um bocadinho de água, que dona Marileide, minha companheira, carecia muito, tão sequinha estava que quase se esfarelava.

Mas o Moço não abaixou a arma, não. Porque minha companheira também haveria de descer. Ela obedeceu, e o Moço, ainda apontando, mandou a gente voltar, subir a pé na frente, rumo à casa, que lá ele daria água. E assim se fez, ficando o carro onde estava, depois que ele olhou tudo por dentro, que não se encontrasse lá ninguém escondido.

A água toda de um copo desceu pela goela de Marileide em dois goles, e ela quis mais. Ele deu. Deu mais um e mais outro. Uma concha atrás da outra, ele despejava no copo a água que ia apanhando num tacho escuro de cobre, pousado em cima de um banquinho. Fazia tudo devagar, não tinha muito mais de vinte anos, o Moço. Só depois do quarto copo Marileide se desalterou e teve tempo de olhar pela porta e se alarmar: a escuridão que reinava dentro também já reinava fora, escuridão vinda de manso, cega-cegando tudo sem que o cegado se apercebesse. Carecia partir. Então o Moço perguntou meu nome. Eu disse, e no quase-escuro ouvi a voz dele dar benza-Deus, que eu tinha chegado lá pela mão do Eterno, sendo a sede da minha companheira o Seu instrumento. E assim dizendo completou que queria ter um particular comigo. Marileide não gostou, mas não teve outro jeito senão se embrenhar nos outros cômodos da casa, sumidos já naquele breu. Sentei numa banqueta, ele noutra, e entre nós dois, encostado na parede, ficou o banquinho com o tacho de cobre em cima.

E dali do escuro me vinha a voz do Moço contando agora. Eu só ouvia, não via, e fala sem cara é janela quando o outro lado do vidro escureceu, a gente só percebendo o que está do lado de cá, mas não o do lado de lá, a cara dele estava desmanchada na escuridão, era o lado de lá do vidro, e o que eu via era a minha própria cara na janela da voz dele, não a dele. Que tinha perdido o pai, dizia a voz. Mãe e irmão de dez anos fugidos para a cidade. Nenhum vizinho em mais de cinco léguas em volta, nenhum mais restava, bando de encabulados, que entregaram tudo com o rabo no meio das pernas, sempre a voz dizendo. Pois fazia um ano tinha o homem aparecido lá com um papel na mão, mostrando seus direitos em letra miúda e bondade fingida. Queria as terras que eram dele, pagava indenização pela boa lavoura e pelo gado. Oferecia quireras. O pai recusou, renitiu quatro meses, ouvindo de tudo, promessa, oferta, ameaça, até se finar em morte de tocaia, coisa bem-feita, de ninguém saber autoria. Mãe mais irmão fugindo, tinha ele ficado para defender a roça e o gado que o pai não quis dar. O gado ele já tinha perdido, entre escancho e sumiço. Agora era com ele, que vivia encafuado de arma na mão, com medo de perder tudo, vida também. Mas ficava. Dizia que porque não tinha vontade de viver em cidade, ser empregado, mal-empregado, desempregado, lutando o dia inteiro para jantar duas colheres de arroz e uma concha de feijão nalgum barraco dependurado, sempre em perigo de esbarrocar debaixo de chuva madrasta. Que pobreza de cidade é pobreza mendiga, sem brio, sem espaço, sendo vexame trocar o próprio couro por uma lavagem que na roça se pincha no chiqueiro, por um muquifo que nem cachorro merece. Porque casinha de roça, modesta que seja, como esta, não finda na soleira, dizia a voz. Para lá da porta sempre espera um mundão que não se mede com os pés e só se abraça com a vista. Que vida verdadeira é esta: uma roça que me sustenta, um teto que me cobre, a voz continuava. Cidade não queria. Mas entregar as terras e ficar lá mesmo também não: ia virar boia-fria, até quem sabe do mandante da morte do pai. Não tinha saída. Falou isso tudo a voz sumida e se calou, ficando o escuro aquietado por bom tempo. Eu, esperando, ouvia lá fora a grilaiada e só sabia que o Moço estava logo ali, enfiado na treva, porque a claridade miúda que vinha do céu e embocava pela porta deixava ver do outro lado do tacho uma forma de homem mais escura que o escuro. Achei que a voz tinha ficado muda pelo engasgo do choro, mas não era, pois de repente me perguntou, mais grossa e firme, o que eu tinha ido fazer por aqueles lados. Falei e ouvi silêncio mais um tempo, parecendo até que o Moço estava desacorçoado de continuar.

Mais eu perguntava, menos ele respondia, e só queria saber quanto eu cobrava para curar escancho de gado. Respondi que nada, sem mentir, como não minto agora, porque não cobro mesmo, e só cobra quem quer perder o poder de fazer o bem em nome de Nosso Senhor, porque eu faço o bem sem olhar a quem. O beneficiado tem o costume de pagar, mas só paga se quer, e até agora, graças a Deus, nunca me faltou sustento. Contei tudo o que fazia por mor de sossegar o Moço, pois a voz dele de repente parecia ressabiada. Contei até do irmão de Marileide. Depois, para continuar conversa, perguntei se ele não tinha papel que provasse sua posse, e ele disse que não. Que, por mais que buscasse, não encontrava documento comprovador. O pai tinha perdido ou escondido. Que não tinha? Não acreditava, não, ele tinha, tinha sim. E havia de estar em algum canto, enterrado, ou de posse de algum amigo. Falso amigo, até, quem sabe.

Falava agora uma tremura de voz, e eu não sabia se de medo ou sentimento, saudade da família ou raiva do matador, até ter para mim que a voz tremia por tudo isso junto. Quando se calou outra vez, desatei as palavras que me chegavam na garganta. Sem saber a quem falava, falei para a minha cara. Que, se na cidade ele trocava o couro por lavagem, como dizia, ali jogava fora a vida por um pedaço de chão que não vale mais que um balde de lavagem aos olhos de Deus, chão que é posse sem direito dos homens, porque a terra foi emprestada por Deus para nosso sustento, e a ninguém Ele passou escritura. Só César se apossa de tudo e tudo transforma em moeda que a traça há de roer, por isso carece de entregar a César o que é de César, como recomendado por Jesus Cristo a seus filhos, pois perdido na terra é ganhado no céu.

Aí o Moço duvidou. Duvidou e disse que duvidava. Duvido duvido duvido, dizia. E mais disse. Que o sacrifício do pai não haveria de ser jogado no lixo, como coisa sem importância. E eu a falar, junto com a voz dele, que lá onde o pai dele estava não existia terra de senhor nem senhor para disputar suas terras, que o pai agora haveria de estar vendo que tinha lutado pelo que deixou, e não pelo que levou, que, sendo bom pai como parecia, só ia querer o bem do filho, a salvação de sua vida. Então desatou o pranto, a voz do Moço me chegava chorada, eu continuava, dizendo que o futuro não tem ponto final, como não tem...

Não me deixou acabar de falar a voz do Moço, que de repente parou de chorar e desandou em ofensas. Alta, dizia que eu era uma vendida, que só podia ser pau-mandado do poderoso, aquele mesmo que me pagava para curar escancho de gado roubado... De mistura me chegou a voz de Marileide, dizendo calma moço, é melhor ir embora, então a voz dele disse que ela ficasse esperando quieta porque o assunto não era com ela. A voz de Marileide sumiu e a dele continuou, me injuriando tanto, que não tenho modo de repetir as palavras que ouvi. No começo eu pedia meu filho, meu filho, me ouça, mas acabei que desisti de falar, porque minha voz de mulher era nada perto daquele vozeirão de moço forte, e minha razão era um cisco perto da ira dele. Aí, como se fosse eco da voz de Marileide, a voz dele disse é melhor ir embora, mas nem bem o embora tinha chegado ao fim do ó, tudo se deu tão de repente que minha fala não consegue descrever, porque fala é feita de uma palavra atrás da outra, e acontecimento é feito de muita coisa amontoada.

Vi o vulto dele se levantando e na mesma hora outro vulto aparecendo entremeado no recorte de menos escuridão da porta, aparecendo e, mal aparecido, já soltando um clarão da altura da barriga, clarão junto com um estrondo, um tiro, e nisso já senti o frio da água do tacho de cobre espatifado se esparramando em cima de mim, já me senti me atirando ou sendo atirada no chão pelos estrondos, um, dois, três, quatro, perdi a conta. Quando o barulhão parou eu não sabia se estava varada de tiro, se me encontrava neste mundo ou já no outro, ou se nos dois ao mesmo tempo.

Acho que desmaiei, porque não ouvi Marileide entrar na sala. Só me lembro do fósforo aceso na mão dela, me chamando de volta a este mundo. Depois, o clarão de outro fósforo aceso também na mão dela, alumiando o Moço morto no meio de uma poça de sangue, cara desmanchada debaixo do tremor da luz, beiço desfeito à bala, meia fileira de dentes ensanguentados sem mais lábio nenhum para tapar. Até a claridade do fósforo morrer eu não tirei os olhos do que sobrava da cara do Moço.

Depois só me lembro do carro azul de Marileide desabalando pelo asfalto, até que enfim, ela só querendo chegar, do muito medo que sentia, eu do lado, encharcada pela água do tacho de cobre, com o ouvido cheio ainda dos estrondos, vestido respingado do sangue e da carne estraçalhada do Moço.

Naquela noite fiquei dormindo-acordando até as quatro. Aí acordei de vez, olho escancarado para o teto, lembrada. A barulheira parava e eu, de cara no chão, olhava na direção da porta. A grilaiada tinha emudecido, tinha sim, porque o silêncio era alto, como só é depois do som, um silêncio de outro mundo, silêncio só, e no silêncio, saindo pela porta, eu vi o Dois, rindo debochado.

O

A luz que partiu trasantontem
o espaço em dois
chega hoje.
Deixa morto
o próprio corpo
noutros anos,
chega tempo.

RÉQUIEM

Parece que Zacharias tropeçou na calçada, antes de ser colhido em cheio pela Kombi. Vinha a Kombi ladeira abaixo feito um embrulho solto, num baticum sem ritmo, andamento desenfreado, rouco timbre, espirrando o que estivesse na frente, esgarçando o caminho dos outros carros, tentando desvios, até alcançar a calçada, fugir do poste, voltar à rua, dar com outro carro e reassumir a mesma calçada um tiquinho adiante, bem onde, assustado com o escarcéu, Zacharias tropeçava. Ia a Kombi parece que com a intenção primária de encontrar Zacharias. Pois só então parou.

Zacharias, a bem da verdade, não caía: era lançado, arremetido pacote de ossos e nervos por uma força oposta à sua e maior.

Nos estertores da agonia, ainda assistiu contra a vontade ao tal filme do fim para o começo, o fio inverso da sua vida. Viu, ouviu, entreviu figuras tantas que tinham feito conjunto com ele naquele coral desencontrado do seu tempo de respiração pelos pulmões. Depois, sentiu-se corda de violão solta do pinho sem quem prender ou tocar. Sem jeito de ficar, saiu da vida como entrou: com um berro e sem saber por onde.

Acordou noite alta do quinto dia depois, para espanto seu, que tinha como última lembrança um acidente à luz do sol. Estranhou a ausência da Kombi e a distração dos gatos-pingados que passavam por lá, dessabidos dele e de desastres. E, lembrado dos maus-tratos sofridos por força dos encontrões daquela lataria tresloucada, achou de examinar seus ferimentos. Dor, nenhuma. Fraturas, mau-jeito, escoriações, hematomas... Que diabo! Não tinha corpo! Olhou para baixo, para os lados, para cima, para a frente, para trás, vendo sempre o mesmo tudo-nada e não se achando. Procurou a proximidade de uma lâmpada: não se via. Onde caíra não estava. Onde estava não se enxergava. Sentia-se. Havia o medo, mas não a materialização dele: nada batia em seu peito ausente. Ele *era* o medo, a confusão, a alucinação. Mas não conhecia ser daquele jeito.

Então saiu à procura do corpo.

Chegou em casa nas ondas do frio. Não tinha vindo mas chegava, pois seu corpo inteiro era um membro amputado. Movia-se como quem grita em pesadelo, existindo sem viver.

Era uma daquelas noites de determinados (não se sabe por quem) dias de vaga-lumes. Que voejavam por ele, iluminando-se, enquanto ele achava a casa na curva, à beira de baixadas em morro, de onde, a perder de vista, se via um pedaço abarrotado de cidade.

Sem abrir a porta entrou e sem vaga-lumes para enxergar viu que Zulmira jazia de bruços no leito do casal, perna direita dobrada, cara afundada no travesseiro, boca aberta, babando. Entre as coxas roliças, morenas, uma nesga de calcinha branca. Ao lado, ninguém. A esperança de se encontrar deitado corpo ao lado do corpo da mulher morria ali. Debaixo da cama, nos armários, sobre os móveis, nem sombra de si. Só no banheiro, dentro do armário, ressequido e retorcido como espiga de milho enfezada, o pincel de barba, o seu exclusivo e incompartilhado pincel, confirmava que um dia o corpo dele se havia demorado na frente daquele espelho.

Então resolveu se deixar esperar o amanhecer, esperar aparecer, quando, quem sabe, da boca de Zulmira sairia alguma palavra que lhe servisse de pista sobre o destino de seu corpo. E no tempo que passou ali teve mais nítida uma impressão que já vinha vindo com ele desde algumas horas: era a impressão de só ser. Percebia-se sendo aquela casa, aquelas coisas, sendo até aquela viúva rotunda que ressonava naquela cama. Um ser sem limite ou precisão, um ser doído e doido, um ser sonhado, pouca coisa enfim.

O dia acordou, Zulmira com ele, mas tudo em silêncio. Zulmira atravessa a manhã na reinação do almoço, sem abrir a boca, como num filme mudo e sem graça que naquela cozinha se projeta desde sempre. Vai e vem com aquele corpo rechonchudo e moreno, há anos pesando um pouco mais a cada mês, barriga persistente roçando o fogão com força, pernas a se esticarem para alcançar as panelas do fundo, músculos flácidos dos braços balançando, acudindo o óleo dos refogados que arrotam raivosos de dentro das panelas: tudo barulhento, tudo mudo, tudo ele. Entra Zuel, filho que vai todo dia lá comer.

O almoço é sorumbático, coisa de quem engole quase dormindo.

Só na sobremesa da laranja, um ensaio de conversa. Nas palavras dos dois, nenhuma vez seu nome. Falam, mas os assuntos são só o velho Antônio vendedor de bilhetes de loteria, o cachorro que definha a olhos vistos, as proezas da Diana, piranha mais assanhada nunca se viu, o emprego que podia ser melhor... Zuel solta um arroto e se espreguiça inteiro, gesto seu que Zacharias mais odeia. Ódio que aflora vindo de um fundo invisível preenchido das lembranças todas de uma vida de desavenças, choques e encontrões com aquele rebento indesejado que lhe rouba a mulher na pessoa da mãe... Zacharias não se aguenta, pensa morrer de tanto ódio e resolve sair daquele lugar onde já não cabe enquanto entra Zuleide, vizinha tantas vezes enxotada. Sai Zacharias, sai.

E dentro da carcaça infinitamente ausente chora a raiva de se saber não-acatado, sumido de-com seus objetos, nome não-ressoante naquela casa, nem-lembrança-mais, não-morador perene sequer da memória do gato que agora se lambe ele no sofá da sala.

Mas em que buraco enfermo teria sido enterrado seu corpo, por quantas horas teria jazido naquela calçada, na mesa de um necrotério, na de um velório, quantos e quais amigos teriam chorado sobre ele?

Tudo isso pensa saindo. E, saindo, se lembra sem saber por que do assombro de gritos que rodava pela casa uns quantos anos atrás, na idade presente-passada daquelas crianças que agora têm vinte e tantos anos, crianças que Zacharias tinha feito com Zulmira, entre gemidos abafados de prazer. Um deles Zuel. E, lembrando, vive o pré-ex-futuro que de fato o tempo sempre é sendo, mas não se diz, e, recordando o tempo que esteve lá dentro, ainda agora já, é o prazer dentro de Zulmira, é no fogão uma panela de batatas, é o pingo da torneira a pingar-se vezes e vezes infinitas, é a cidade toda, enquanto deseja e consegue a custo deixar de ser a casa, estando lá sem estar e sem saber se existe, ou se existir é um verbo que designa um não-fato.

Era uma infinitude que apertava como sapato de pé crescido. Não a queria. Não concebia ser aquilo. Não concebia ser um ser sem a prosaica manifestação de um nariz, uma unha, um gosto da própria saliva. E, não se concebendo assim, agarrou-se ao nada e se encolheu, encolheu, encolheu, virando-se infinitamente num avesso contraído do que era, até se sentir infinito unidimensional ponto entrado em si, querendo deixar-se morrer.